Ida Eidel

# Liebesgetaumel

## Geschichten
## rund um die Liebe

www.tredition.de

© 2020 Ida Eidel
Umschlaggestaltung: Ursula Striepe
Korrektorat: Inga Luisa Striepe, Harald Kipp
Verlag & Druck: tredition GmbH,
Halenreie 40-44, 22359 Hamburg

ISBN
Paperback        ISBN 978-3-7482-4085-3
Hardcover        ISBN 978-3-7482-4086-0
e-Book ISBN 978-3-7482-4087-7

In der Menschenmenge scheinen

Die Möglichkeiten grenzenlos

Doch immer wieder muss ich weinen

Und ständig warten bloß

Ich denk' ich hab' die Wahl

Doch was entscheidet wen wir lieben

Manchmal ist es eine Qual

Immer neu zu sieben

# Inhalt

# Beschreibe dich selbst

Weiblich, keine Behinderung, außer der gängigen, geschlechtsbedingten

Nordeuropäisch, norddeutsch, alte Länder, daueraufenthaltsberechtigt

Hautfarbe weiß, mit Sommersprossen, manchmal rot bei Sonnenbrand

Konfession: ehemals evangelisch, ausgetreten, ich glaube an die Natur

Weltanschauung: weiß nicht, ändert sich hin und wieder

Sex: normal, Frau/Mann, also hetero

Alter: Keine Angabe

Herkunft: Arbeitermillieu, einfach aber rechtschaffend, ordentlich

Situiert: aufgestiegen, studiert, jetzt Mittelschicht, noch, wenn die Rente kommt, sieht das anders aus

# Der erste Kuss

Mein erster Kuss? An den Allerersten kann ich mich nicht erinnern, aber an einen der Ersten. Ich hoffte damals, dass nicht alle so sein würden.

Ich glaube, ich war dreizehn. Er war sechzehn und ein bisschen moppelig. Für heutige Verhältnisse schlank und kräftig, aber damals eben mollig. Sein Gesicht war ganz ansehnlich, ein bisschen Babyface und die Haare waren auch lang genug. Irgendwie fand ich ihn süß. Wir lernten uns auf einer Tanzveranstaltung im Haus der Jugend kennen. Disco nannte man das damals. Wir tanzten, er ließ seinen Kopf mit Mähne kreisen, ich auch, wir gingen dann miteinander, 14 Tage lang. Ich habe genau mitgezählt.

Ich besuchte ihn bei sich zu Hause, fuhr mit dem Fahrrad hin. Er wohnte etwas außerhalb der Ortschaft und hatte ein Mansardenzimmer unterm Dach. Farblich alles eher grau und düster gestaltet, aber nach Jungsbedürfnissen eingerichtet.

Nachdem wir lange umeinander herum ge-schwänzelt waren, weil keiner so recht wusste, wie man es denn nun anfängt, wenn man sich küssen will, kam es endlich zum Äußersten. Zum Zungenkuss!

Dass sich die Zungen dabei berühren müss-ten, war mir klar. Er steckte seine Zunge gleich tief in meinen Mund und rührte darin herum. Mir blieb nichts anderes übrig als dabei mit zu machen. Er hatte offenbar einen größeren Appetit und ihm lief schon das Wasser im Mund zusammen. Der überschüssige Speichel tropfte aus unseren Mundwinkeln seitlich heraus. Dieses Gesabber gefiel mir nicht. Doch er konnte nicht genug kriegen und der Kuss wollte und und wollte kein Ende nehmen. Ich bekam schon keine Luft mehr und wenn es ge-gangen wäre, hätte mir die Zunge aus dem Hals gehangen, aber ich musste ja weiter-rühren. Auch meine Bemühungen ihm deut-lich zu machen, dass ich jetzt genug hatte von diesem einen Kuss, fruchteten nicht. Ich hätte mir damals eigentlich schon denken können, dass ihm und auch vielen seiner Artgenossen die Sensibilität dafür fehlte, wann es gut war.

Männer merken manchmal nichts. Nicht alle natürlich.

Doch irgendwann, kurz vor meinem Erstickungstod, war dann Schluss. Ich hatte meinen Mund und meine Zunge wieder für mich. Für einen weiteren solchen Kuss wollte ich uns keine Chance geben und musste dann auf einmal früh nach Hause, was natürlich nicht stimmte, aber das konnte er ja nicht wissen. Nach einer unruhigen Nacht und einem weiteren Tag rief ich ihn an und machte telefonisch Schluss.

# Schöner Sohn

Sein Anblick ließ ihr Blut schneller fließen. Ein Hauch von Abenteuer umgab ihn, eine Aura ungeahnter Freiheit, die Sehnsucht in ihr erweckte. Sie fand ihn cool, wie er so da saß und rauchte. Er schaute sie verschmitzt lächelnd an, als sie ihren ersten Lungenzug nahm und entsetzlich husten musste.

Er war wieder frei, das wusste sie. Sie wusste jedoch nicht, ob sie zur HDJ-Disco kommen durfte. Sie war ja erst dreizehn. Er würde da sein, das war klar. Und einige andere Mädchen, die auf ihn scharf waren, würden auch da sein. Sein Vorschlag, ihm eine geheime Botschaft zu senden, klang abenteuerlich und heizte ihren Herzschlag an. Sie sollte einen Zettel vergraben, links in dem Beet neben der Haustür ihres Wohnblocks. „Ja, ich darf", oder „Nein, ich darf nicht", sollte drauf stehen. Als sie in der Dämmerung vor dem Beet stand, fühlte sie sich jedoch überhaupt nicht mehr abenteuerlich, sondern peinlich berührt. Was, wenn sie jetzt jemand sehen würde? Die Nachbarn! Nein! Sie beschloss, nichts zu vergraben, sondern einfach hinzugehen. Wahrscheinlich hatte er das sowieso nicht ernst gemeint mit der Buddelaktion.

Im HDJ ließ er auf sich warten. Das Gefühl der Enttäuschung versuchte langsam in ihr aufzusteigen. Sie ließ es nicht zu und sich nichts anmerken, verhielt sich cool und versuchte zu rauchen. Endlich war er da. Er klopfte seine Hände ab. Sie sah den Dreck unter seinen Fingernägeln. Er war so schön, wie er da stand, so lässig authentisch, sie hätte dahin schmelzen können. Wo sie denn den Zettel vergraben hätte, wollte er wissen. Er hätte das ganze Beet umgegraben und das daneben auch. Sie stellte sich bildlich vor, wie er im Dunkeln auf Knien vor dem Blumenbeet kauerte und alles durchwühlte – nach einem kleinen Zettel, der nicht da war. Sie hätte nicht gedacht, dass er das tun würde, dass er das ernst meinte. Es war ihr unangenehm, an ihm gezweifelt zu haben.

Sie gingen miteinander. Die Konkurrenz war chancenlos. Ihre Mutter war von ihm begeistert. Er strahlte sie aber auch an, mit seinen weißen Zähnen.

Sie waren bei ihm zu Hause. Sie lagen auf seinem Bett. Sie gingen durch die Straßen, sie schaute ihn an. Sie mochte sein Gesicht im Profil. Sie unterhielten sich über Koteletten und lange Haare. Sie hörten Musik, sie hatten sich lieb. Er sie vielleicht ein bisschen mehr als sie ihn. Aber das wusste sie da noch nicht.

Irgendwann war er weg. Er wollte sie von der Schule abholen, kam aber nicht. Sie wartete lange. Auf ihrem Heimweg fing er sie ab. Er sei rausgeschmissen worden von zu Hause. Sein Vater. Jetzt würde er zu seinem Bruder in die WG nach Hamburg ziehen müssen. „So weit weg", dachte sie. Ob sie ihn besuchen würde, in den Ferien, fragte er. Sie könnten bei seiner leiblichen Mutter in einem Vorort von Hamburg wohnen. Das würde ihre Mutter sicher erlauben. Die Mutter tat es. Sie wusste allerdings nicht, dass seine Mutter die beiden allein lassen würde, ein ganzes Wochenende lang, und dass sie die restliche Zeit in Hamburg verbrachten, in der WG seines Bruders und auf der Piste. Es war eine aufregende

Woche. Sie lebten die Freiheit und das Abenteuer, auch wenn die eine gemeinsame Nacht, auf die sie es abgezielt hatten, irgendwie daneben ging. Was hatten sie erwartet? Es war für beide das erste Mal. Dass es das auch für ihn war, erfuhr sie erst circa dreißig Jahre später. Er wollte Präservative kaufen. Sie hatten kein Kleingeld. Hatten sie überhaupt Geld? Es war trotzdem schön.

Sie wäre gerne bei ihm geblieben, doch sie ging noch zur Schule und Hamburg war weit weg. Als sie ein Jahr später auch in der Großstadt war, wohnte er in einem Vorort, das war nicht so weit weg. Sie hatten es dann noch mal miteinander versucht, doch die Zeit hatte etwas verändert. Er wirkte irgendwie getrieben. Sie war noch nicht raus aus der Pubertät und ein wenig orientierungslos. Er spielte Gitarre und dann war da auch irgendwann ein anderes Mädchen. Trotzdem verloren sie nie ganz den Kontakt. Sie träumte immer noch davon, wie er so war, als sie sich kennenlernten. Diese Zuversicht, dieser erwartungsvolle, positive Blick in die Welt, dieses Strahlen in seinen Augen. Er hatte sie damals mitgerissen. Es wäre schön gewesen, wenn sie noch mal in diesen Sog hätte gelangen können.

Dann geschah lange Zeit nichts. Sie hatte ihn fast vergessen. Sie fand ihre ganz große Liebe, heiratete und bekam Kinder. Der große Tsunami 2004 rüttelte etwas in ihr wach. Sie wusste, dass er häufiger nach Indonesien fuhr, um dort für sein Geschäft einzukaufen. „Ob ihm etwas geschehen war?", diese Frage drängte sich ihr auf und sie machte ihn irgendwie ausfindig. Zum Glück ging es ihm gut. Er hatte sich eine Frau mitgebracht, direkt aus dem Paradies, wie er sagte. Und er war Vater, hatte einen Sohn. „Eurasisch, ein eurasisches Kind, wie interessant", dachte sie, „das sind oft sehr schöne Menschen." Er brachte ihn einmal mit zu ihr. Sie schaute das Kind an und versuchte irgendeine Gemeinsamkeit zu finden. Irgendein Merkmal, einen Gesichtszug, eine typische Bewegung. Doch sie sah nichts. Das Kind hatte absolut keine Ähnlichkeit mit ihm. Sie wagte nicht, zu fragen, ob er wirklich der Vater war, denn er war so verliebt in den Kleinen, so begeistert von dessen Existenz. Durch ihn hoffte er, wieder Kontakt zu seinem Vater zu bekommen, der ihn einst rausgeschmissen hatte. Wie lange war das her? Er hatte tatsächlich die vielen Jahre lang keinen Kontakt mehr zu ihm und seiner Schwester. Was war bloß geschehen? Doch auch durch die Existenz eines Enkelkindes konnte er seinen Vater nicht erweichen. „Vielleicht war es auch gut so", dachte sie, „bei einem Kind, dass so anders aussah."

Und dann machte er einen großen Fehler. Er, den sie immer mit Redlichkeit verband, mit weißen Zähnen und Sauberkeit, mit Aufrichtigkeit und Ehrlichkeit. Er, der ihr auf ihre Frage, woran sie ihn erkennen würde, nach so vielen Jahren, antwortete, sie solle nach dem Gesichtsältesten Ausschau halten, was er natürlich gar nicht war, jedenfalls nicht in ihren Augen. Er, der ihr gestand, sie sehr geliebt zu haben. Er fragte sie per SMS, ob sie ficken wollten. Sie hielt ihn für betrunken, als er diese SMS schrieb, und antwortete nicht. Dann kam eine Nachricht, die vor Verletztheit und daraus resultierender Bosheit nur so strotzte. Sie fand das ordinär und unangebracht. Seitdem, und das ist auch schon sehr lange her, haben sie nichts mehr voneinander gehört. Ob sie sich noch mal wieder sehen? Google findet ihn nicht. Aber das muss ja nichts heißen.

# Geschmacksverirrung

Lange Zeit war er der Grund, weshalb ich morgens früh aufgestanden bin und zur Arbeit ging. Ich arbeitete bei der Post im Telegrafenamt. Das hört sich jetzt sehr altmodisch an, ist es auch, gibt es heute nur noch als Museum. Er war in der Auslandsabteilung tätig, die hinter meiner, der Inlandsabteilung lag. Das hieß, er musste immer an meiner Abteilung vorbei gehen, wenn er zu seinem Arbeitsplatz wollte. Ich sah ihn also häufig nur von hinten. Hab ich ihn eigentlich auch mal von vorn gesehen? Ja, aber sehr selten. Meist warf ich dann verstohlen einen Blick zu ihm. Ich kann mich nicht daran erinnern, dass er ihn je erwidert hätte. Vielleicht hatte er ja auch schon geguckt, bevor ich guckte. Keine Ahnung. Aber auch diese Hoffnung hielt meine Liebe zu ihm aufrecht.

Er war blond und ziemlich unscheinbar. Kurze Haare, wenig markantes Gesicht, ordentliche, unauffällige Kleidung. Häufig beige Hosen, im Fivepocketstil, und spießige Polohemden. Bestimmt wohnte er noch zu Hause. Eigentlich stand ich auf auffälligere Typen, solche, die eher unangepasst schienen und ein wenig rebellisch. Er war so - normal. Ich hatte wohl grade ein Faible dafür.

Wenn er ging, zog er bei jedem Schritt die Fersen hoch, so als hüpfe er ein bisschen. Es gibt Leute, die gehen so. Hat wohl irgendwas mit einer Sehnenverkürzung zu tun. Meistens ist es mir bei Männern aufgefallen. Aber vielleicht liegt es auch daran, dass ich Frauen nicht so oft hinterher guckte. Standfestigkeit, Bodenhaftung oder ein gutes Auftreten signalisierte so eine Gangart nicht, aber die Hormone, die in meinem Blut kursierten, vernebelten meinen Verstand. Es war mir egal.

Ich fieberte den wenigen Momenten entgegen, in denen die Wahrscheinlichkeit, dass er an meiner Abteilung vorbei musste, groß war. Nicht immer kam er. Dann hoffte ich erwartungsvoll auf die Nächste. Er war schon volljährig und hatte deshalb wechselnden Schichtdienst. Früh-, Spät-, Mittel- und Nachtdienst gab es. Ich bekam ziemlich schnell den Rhythmus seiner Arbeitszeiten heraus.

Ich glaube, dass es ungefähr ein dreiviertel Jahr lang so ging. Ich hoffte immer dringender auf ein Zeichen von ihm, dass er mich auch irgendwie gut oder attraktiv fand. Aber entweder er interessierte sich wirklich nicht für mich, oder er war schwul, oder er merkte gar nicht, dass ich ihn toll fand, oder er war zu schüchtern, um wenigstens einmal zu gucken. Jedenfalls verlor ich dann das Interesse. Irgendwann später sah ich ihn mal in der Kantine. In voller Lebensgröße und in Bewegung. Da wusste ich dann auf einmal nicht mehr, was ich an ihm eigentlich mal gut fand. Kurzhaarig, damals trug Mann eher Matte, graubeige, farblich wie ein Opa gekleidet, mit langärmeligem Polohemd, durchschritt er wippend mit einem Teller Suppe auf dem Tablett den Speiseraum zum Tisch mit seinen Kollegen.

Ich muss wohl unter Geschmacksverirrung gelitten haben. Was Hormone alles so ausrichten können.

# Der Baum

Ich bin groß und mächtig. Ich habe eine Krone. Eine Elfe hat sie mir kreiert – meine Elfe. Sie wohnt in mir, ich gebe ihr Schutz.

Ich bin ein Baum und breite meine Äste aus. Meine Wurzeln krallen sich in den Boden. Ich bin standfest.

Ich nähre mich von anderen, die mir Nahrung geben, denn ich bin festgewachsen und – unbeweglich.

Meine Elfe gibt mir Liebe. Sie putzt jedes einzelne Blatt.

Ich bin laut, wenn der Wind weht - sehr laut. Meine Blätter schlagen aneinander und rauschen. Mein Geäst knarrt. Ich kann gut knarren. Meine Elfe baut Nester in meiner Krone, polstert sie aus mit Fantasie und Farben.

Ich kann werfen. Im Herbst werfe ich Blätter ab und meine Früchte. Dann kommen viele Elfen und sammeln sie für den Winter. Es gibt viele schöne Elfen.

Im Sommer werfe ich Schatten. Ich beschatte meine Elfe, sodass ihre Tränen fließen und die Farben sich auflösen, verrinnen.

Ich bin stark und groß und kann jetzt auch schwingen. Der Wind ist stark, ich schwinge hin und her. Schwingen? Wanken! Ich glaube, ich falle.

Meine Elfe ist fort. Meine Blätter sind verweht. Meine Äste sind gebrochen, die Farben der Fantasie entschwunden. Was wird aus mir? Furnierholz? Ich habe Hunger.

# Was nun

Er ist ihr Held. Er ist so groß, so wissend, so vernünftig. Er ist so gütig, so lustig und behütend. Als er sie fragt, ob sie bei ihm arbeiten würde, den Haushalt machen, weil seine Frau nicht mehr kann, sieht sie ihre Chance gekommen. Endlich weniger zu Hause sein, bei der Mutter, die unzufrieden und zänkisch ist, bei dem Vater, der sich raus hält und dann doch irgendwie schlichten will, bei dem Kind der Schwester, das jetzt bei Oma und Opa wohnt und ruppig behandelt wird. Die Schwester ist verschwunden, bei irgendeinem irgendwo hängen geblieben.

Er sagt, seine Frau kann nicht mehr, kann nichts mehr, ist verrückt geworden, nervenkrank. Es stört sie nicht. Sie ist abgehärtet, durch ihre Mutter irgendwie daran gewöhnt, dass sich jemand seltsam benimmt.

Als er sie auch noch fragt, ob sie bei ihm wohnen will, geht für sie ein insgeheim gehegter Traum in Erfüllung. Sie sind sich näher gekommen. Im Laufe der Zeit. Ja, sie will.

Doch ihre Eltern sind dagegen. Er ist älter als sie, viel älter. Er könnte ihr Vater sein. Sie stört das nicht. Er ist so erfahren, er ist so fürsorglich. Bei ihm fühlt sie sich angenommen.

Sie widersetzt sich ihren Eltern, ist schließlich erwachsen vor dem Gesetz. Die Mutter tobt, wie erwartet, rastet aus. Der Vater versucht zu schlichten. Doch nichts zu machen.

Sie zieht aus, zu ihm und sie sind glücklich, obwohl seine verrückte Frau noch im Haus wohnt. Unten, in einem eigenen Zimmer. Sie beide wohnen oben, beengt und doch gemütlich. Er kann seine Frau nicht rausschmeißen. Sie ist krank. Wo soll sie hin?

Sie leben harmonisch zusammen. Sie züchten Gänse, Hühner, haben Hund und Katz. Sie meidet ihre Eltern, die zänkische Mutter. Der Vater hört nicht auf zu schlichten, möchte nicht, dass die Familie zerbricht. Er hat Erfolg, denn er gibt nach, nach langer Zeit, ist einverstanden mit ihrer Beziehung. Die Mutter auch, aber! Er soll sie heiraten. Damit sie später mal das Haus bekommt, nicht auf der Straße steht. Er ist so viel älter als sie.

Er ist so klug, er hilft, wo er kann. Er ist so weise. Auf ihn kann sie sich verlassen. Er kennt sich aus. Sie hat einen Unfall, beim Fahrradfahren. Das Knie. Er hat einen Unfall, beim Holzsägen, ein Finger fehlt. Doch alles ist gut.

Die Mutter hat einen Schlaganfall. Muss ins Heim. Der Vater ist pleite, die Heimkosten, und er kann nicht kochen, die Enkelin auch nicht. Die Mutter hat die Küche unter sich gehabt. Der Vater ist krank, will nicht mehr.

Und nun er. Und jetzt? Nun steht sie da. Sie hat das Haus. Was soll sie hier allein mit der Verrückten? Der Hund ist tot, die Hühner weg, die Gänse aufgegessen. Ihn kann sie nicht mehr fragen. Sie ist noch nicht so alt.

# Teures Techtelmechtel

Er steht vor ihr, groß, schlank, lässig. „Wie ähnlich er ihm ist", denkt sie und ein kleiner Schauer läuft ihr über den Rücken. Vom Typ her ist er ihrem Ehemann wirklich sehr ähnlich. Er hat genau so dunkles Haar, in einer angedeuteten Tolle nach hinten frisiert, ein ebenmäßiges, weiches Gesicht und freundliche, braune Augen. Nur dass ihr Mann nicht mehr lebt.

So lange ist sein Tod noch gar nicht her. Etwa zwei Jahre. Und sie ist noch jung, noch keine dreißig. Warum soll sie sich nicht einen Freund suchen? Nur weil sie ein Kind hat? Oder weil es sich für eine Witwe nicht schickt?

Dass er deutlich jünger als sie ist, ist ihr egal. Ihr Mann war auch zwei Jahre jünger. Jedenfalls hilft seine Gesellschaft ihr über die ganze Misere besser hinweg zu kommen. Sie tut, was sie muss, kümmert sich um das Kind und geht arbeiten, weil das Geld aus der Hinterbliebenenrente sonst nicht reicht. Mehr geht nicht. Wie eine alte Jungfer will sie nicht leben. Er ist nett zu ihr. Sie haben Spaß miteinander. Lachen tut ihr jetzt so gut. Wieder einmal froh sein können und dürfen, das hilft den zu langsam dünner werdenden Mantel der Trauer etwas zu lüften. Eine gemeinsame Zukunft traut sie sich mit ihm nicht vorzustellen. Er als Vater? Nein. Und dann sind da ja auch noch die Großeltern, die ein Auge auf sie und das Kind haben. Dass das Kind ja nicht zu kurz kommt, ja nicht hungert.

Sie glaubt, er und das Kind mögen sich, aber sie will keine gemeinsamen Unternehmungen. Das würde ihrer jungen Liebelei schon zu viel Bedeutung geben, vor allem vor den anderen, vor den Nachbarn, deren strengen Augen und sozialen Kontrolle. So sicher ist sie sich noch nicht. Und das abendliche Ausgehen ab und zu reicht ihr. Es ist schön, miteinander zu feiern, zu tanzen und etwas zu trinken. Er ist noch in der Ausbildung, deshalb lädt sie ihn häufig ein.

„Eddie, Eddie", flüstert sie seinen Namen, als sie sich auf der Straße im Schein unter der Laterne umarmen. Er ist stark und hebt sie leicht an und sie drehen sich im Kreis. Dann gehen sie Hand in Hand die Straße entlang, zur Ortsmitte, wo es eine kleine Gastwirtschaft gibt.

„Eddie", beginnt sie, „ich will dich ja nicht drängen, aber das Kind kommt bald zur Schule und da muss ich noch Besorgungen ...". „Ja, ich weiß," beruhigt er sie, „Morgen bringe ich dir das Geld zurück. Morgen bekomme ich es und bringe es dir gleich. Ganz bestimmt." „Eddie", sie schmachtet seinen Namen leise in seine Richtung und lehnt ihren Kopf an seine Schulter. Er hat sie schon öfter vertröstet und immer wieder versprochen, dass er das Geld, das sie ihm geliehen hat, bald zurückgeben kann. Diesmal hält er Wort. Er bringt ihr am nächsten Nachmittag, kurz bevor sie zur Arbeit muss, einen Briefumschlag vorbei. Er ist prall gefüllt mit Geldscheinen. Eddie öffnet den Umschlag kurz und zeigt ihr den Inhalt. Ein Hundertmarkschein blitzt hervor. Dann klebt er den Umschlag zu und drück ihn ihr in die Hand. Er küsst sie sachte und flüstert: „Bis später."

Am Abend, als sie wieder zu Hause ist, setzt sie sich aufs Sofa und öffnet vorsichtig den Umschlag. Sie schaut hinein und stellt fest, dass nur das erste und letzte Blatt des Inhalts Geldscheine sind. Dazwischen befinden sich sorgsam auf Geldscheingröße zugeschnittene Zeitungsseiten.

Der Schock lässt sie wie gelähmt sitzen bleiben. Als das Kind herein kommt, steckt sie den Umschlag schnell weg und tut ihre Pflicht, bringt ihr Kind ins Bett. Sie ist den Tränen nahe. Wütend und enttäuscht versucht sie, die Fassung zu wahren, damit das Kind nichts merkt. Es merkt natürlich, dass mit der Mutter etwas nicht stimmt. „Ist nicht schlimm. Mir gehts heute nicht so gut. Gute Nacht mein Kind."

Eddi hat noch am selben Tag nachmittags die Stadt verlassen. Doch das wird sie erst am nächsten Tag erfahren.

# Abgeliebt

Da lag sie nun in der gefüllten Badewanne, umhüllt von warmem Wasser und Seifenschaum. Sie war sich immer noch nicht sicher, ob sie wirklich baden wollte. Ihr Freund hatte sie ein bisschen dazu überredet, fast gedrängt. Doch langsam stieg Wohlbehagen in ihr auf. Sie liebte Schaumberge schon als Kind. „Vielleicht kommt er ja auch noch dazu, dann werden wir es nett miteinander haben." Sophie rief nach ihm: „Markus!" In diesem Moment klingelte es an seiner Wohnungstür, das konnte sie im Badezimmer, welches nur durch einen Vorhang vom übrigen Wohnbereich getrennt war, deutlich hören. Dann hörte sie Stimmen, seine und eine Frauenstimme. Irgendwie kam ihr die Frauenstimme bekannt vor. Konnte es sein? Nein! Aber die Stimme wurde deutlicher. Konnte es tatsächlich sein, dass *sie* hergekommen war? Sie!? Heute?

Sophie fühlte sich auf einmal unwohl und gefangen in der Wanne. „Markus?", rief sie erneut. Sie würde sich hier nicht entspannen können, wenn *sie* zu Besuch war. Markus schob den Vorhang ein wenig zur Seite und steckte seinen Kopf hindurch. „Anett ist zu Besuch gekommen. Aber bleib du ruhig hier, Schatz, und genieße dein Vollbad. Ich kümmere mich", sagte er, und schon war er wieder verschwunden. Den Vorhang hatte er sorgsam zugezogen, sodass nicht mal ein kleiner Spalt offenblieb.

Aufruhr machte sich in Sophie breit. Nein! Sie würde hier nicht tatenlos in der Wanne liegen bleiben, wenn Anett zu Besuch war. Was glaubte er denn? Ihr kam der Gedanke, dass er ihr Badewasser eingelassen hatte, weil er wusste, dass Anett kommen würde. Warum hatte er sie sonst so gedrängt, ein Vollbad zu nehmen? Insgeheim ahnte Sophie, dass dem so war, aber so richtig glauben konnte sie es trotzdem nicht. War er so verschlagen?

Langsam und fast geräuschlos stand sie auf und griff nach dem Handtuch. Sie ließ das Wasser in der Wanne, denn der Abfluss hätte verräterische Geräusche gemacht. Vorsichtig stieg sie heraus und trocknete sich notdürftig ab, immer ein Ohr nebenan, dort, wo die beiden sich hingesetzt hatten, sich unterhielten und nun auf einmal schwiegen. Sophie zog schnell ihre Sachen an. Dann schob sie den Vorhang beiseite.

Sie erwartete Anett zu sehen, die zu ihr her schaute und fragen würde, ob sie sie beim Baden gestört hätte und dass es ihr Leid täte. Doch Sophie sah etwas anderes. Es war unfassbar! Unglaublich dreist! Wut stieg in ihr auf. Die beiden saßen einander gegenüber, ihre Köpfe waren zueinander geneigt und sie begannen sich vorsichtig zu küssen. Anscheinend waren sie so vertieft in ihr Tun, dass sie alles um sich herum vergaßen. Sie bemerkten nicht, dass Sophie sich ihnen näherte.

Wie in Zeitlupe sah Sophie sich schon langsam auf sie zugehen, ihre Arme ausbreiten und beiden von hinten auf ihre Köpfe schlagen. So richtig mit Kraft! Sodass sie ordentlich zusammen knallten! Sie schlug so stark, dass man es knirschen hörte und Blut spritzte. Der zweite Schlag folgte schnell und ohne Vorwarnung und ließ Anetts Stirn mit einem unangenehmen Geräusch an seine Wange prallen. Anett hielt sich die Hände vors

Gesicht und sank wimmernd in sich zusammen. In dem Moment schubste Sophie sie weg, trat einen Schritt auf sie zu und zog sie an ihren Haaren hoch, quer durch den Raum in Richtung Ausgang. „Hau ab, du Biest!", schrie sie ihr hinterher. Markus lief ein blutiges Rinnsal aus dem Mund. Er schaute benommen und mit dümmlichen Blick zu. Sophie gab ihm eine kräftige Ohrfeige. „Du Schwein hast mich die ganze Zeit belogen!" Als er seinen Unterkiefer leicht bewegte, klackerten zwei Zähne zu Boden. Er sah Sophie ungläubig an. Sophie fand, die Zahnlücke stand ihm nicht. Sie gab ihm noch einen wohlpositionierten Tritt, der ihn auf die Knie zwang. Nun fühlte sie sich wesentlich besser und erleichtert. Sie nahm ihre Tasche und verließ seine Wohnung. Für immer.

Doch dies geschah nur in Sophies Vorstellung. In Wirklichkeit blieb sie verhalten und friedlich, obwohl sie sehr gerne Ersteres getan hätte und heute immer noch ein wenig bereute, nichts dergleichen gemacht zu haben, wenigstens annähernd. So hätte sie ihrer Wut und Empörung über diese Unverschämtheit

Luft machen können. Als sie bei ihnen angelangt war, beugte sie sich nur zu ihnen herab, stülpte ihre Lippen und näherte sich ihren Mündern mit den Worten und sanfter, aber gefährlicher Stimme: „Na? Was läuft denn hier?"

Spätestens von da an hatte sie bei Anett den Ruf weg, bisexuell oder zumindest an einem Dreier interessiert gewesen zu sein. Beides stimmte nicht. Aber Anett hatte es faustdick hinter den Ohren. Das wusste Sophie zu diesem Zeitpunkt nur nicht.

Sophie wies Anett darauf hin, dass der gemütliche Sonntagnachmittag nun beendet sei und setzte sie vor die Tür. Markus machte sie eine klassische Szene. Bis heute weiß sie nicht, warum sie sich damals nicht von ihm getrennt hatte, denn natürlich war die Liaison mit Anett nicht vorbei. Sophie fand immer wieder Spuren von ihr in seiner Wohnung. Mal hatte sie die bunten Heftzwecken, die seine Pinwand zierten, zu einer Herzform zusammen gesetzt, mal andere geheime Botschaften in Form von kleinen Gegenständen bei ihm deponiert. Sophie zerstörte die

Herzen, begutachtete die Dinge und ließ das eine oder andere Artefakt unauffällig verschwinden. Er fragte nie nach, vielleicht weil ihm nichts daran lag oder weil er sich nicht outen und einen weiteren Streit riskieren wollte. Sophie wühlte außerdem heimlich in seinen Schubladen nach Liebesbriefen. Ja, ihre Beziehung litt, aber keiner von beiden hatte den Mut, Schluss zu machen. Beide hatten das Gefühl, noch nicht fertig miteinander zu sein.

Dann war Anett auf einmal schwanger. Nicht von Markus, denn er war ja unfruchtbar, wie er immer behauptete. Sophie konnte das bestätigen, sie hätte schon mehrmals schwanger von ihm sein können. Bei Anett war es irgendjemand anders, der keine Kinder wollte, schon gar nicht mit ihr. Aber darum ging es Anett auch nicht. Sie wollte unbedingt ein Kind, egal von wem, sagte sie später einmal.

„Deshalb machte sie sich also fast wahllos an alle Männer heran, die ihr in die Quere kamen", dachte Sophie und überlegte, ob sie ein Vollbad nehmen sollte, mit viel Schaum.

# Eva sucht Adam

Eva hat schon viel versucht, um einen Mann zu finden. Doch so schwierig hat sie es sich nicht vorgestellt. Obwohl - vorausschauend schloss sie bei „Parship" ein Zweijahresabo ab. Irgendwie hat sie wohl geahnt, dass es länger dauern könnte. Inzwischen „tindert" sie auch und hat sich bei „Finya" und „Fischkopf" angemeldet. Der Datenschutz macht ihr dabei immer noch Kopfzerbrechen, aber wenn man sich ganz versteckt, findet man auch niemanden. Und nun ist sie heute, an diesem schönen, sonnigen Samstag, im botanischen Garten mit Mister unbekannt verabredet. Ganz so unbekannt ist er ihr natürlich nicht. Sie weiß von ihm, dass er Adam heißt und 42 Jahre alt ist. Sie selbst ist erst 29, aber das stört sie nicht. Sie wünscht einen erfahrenen Mann und keinen Milchbubi. Ein Foto hat sie auch schon von ihm gesehen. Er sieht noch recht jugendlich aus. Ansonsten haben sie sich bisher nur geschrieben, nicht besonders ausgiebig, aber immerhin. Er hat kein großes

Interesse sich schreibend anzunähern, schrieb er, lieber würde er sich mit ihr persönlich treffen und austauschen. Das gefällt ihr. Endlich mal einer, der nicht so eine lange digitale Vorlaufzeit braucht.

Nun steht sie vor dem Eingang des neuen botanischen Gartens und ist erstaunt über den Zustrom. Massenhaft gehen Leute durch den Eingangsbereich. Dann entdeckt sie einen Aufsteller mit der Ankündigung, dass an diesem Wochenende hier die „Norddeutsche Apfelmesse" stattfindet. „Wusste er das?", überlegt sie. „Hat er deshalb diesen Treffpunkt vorgeschlagen? Er hat gar nichts davon geschrieben. Vielleicht ist er ja genau so überrascht wie ich. Oder er ist ein Apfelliebhaber? Oder ein Apfelbauer? Oder er findet es besonders symbolträchtig, weil er Adam heißt und ich Eva." Innerlich muss sie lächeln. Und sie ist ein bisschen aufgeregt.

Um zum verabredeten Treffpunkt „Café Palme" zu gelangen, das etwa in der Mitte der Anlage liegt, muss sie hindurch durch die Ansammlungen von Menschen vor den Infoständen und Ausstellern. Gemächlich und friedlich geht es hier am milden, späten Vormittag zu. „Ein bisschen wie im Paradies", denkt sie, „obwohl es da ja nur Adam und Eva gegeben haben soll." Und wieder huscht ihr ein Lächeln über die Lippen. Sie geht in Richtung Loki-Schmidt-Haus. Auf der daneben liegenden Grünfläche baut ein Künstler eine Figur aus Stroh und Lehm. Eva glaubt, ihn bereits auf der Kieler Woche gesehen, zu haben und spricht ihn an. Sie liegt richtig und die beiden unterhalten sich ein wenig. „Ob er es ist?", fragt sie sich insgeheim. „Nein! So ein Unsinn! Mit viel gutem Willen sieht er dem Bild zwar etwas ähnlich, aber der ausgemachte Treffpunkt ist ja ein anderer und außerdem bin ich sehr früh dran." Sie schlendert weiter an den Ständen vorbei, an denen es knallgrünen Waldmeisterhonig gibt, Kaffee to go, Bürsten aller Art, Keramik, Schinken und Käse, Grillwurst, Kuchen, Pfannkuchen, jede Menge Pflanzen und tatsächlich auch Äpfel.

„Eva sucht Adam", schleicht es sich in ihre Gedanken, als sie sich dem Café nähert und ihre Vorfreude wird größer. In dem daneben liegenden Gewächshaus findet die Apfelbestimmung statt und es sind dort lange Reihen hintereinanderstehender Tische aufgebaut. Sie lässt ihren Blick schweifen. Die Tische des Cafés sind zu dieser Zeit nur spärlich besetzt. Nirgendwo sitzt ein Mann alleine. Sie schaut auf die Uhr und stellt fest, dass noch 15 Minuten bis zum verabredeten Zeitpunkt bleiben. Deshalb beschließt sie, sich die Zeit bei den Apfelbestimmern zu vertreiben und nach ihrem Lieblingsapfel aus Kindertagen zu suchen. Ihre Großmutter hatte einen Apfelbaum im Garten, der ganz rote, fast schwarze Äpfel mit kleinen weißen Pünktchen trug. Das Fruchtfleisch war entweder strahlend weiß oder von der Schale ausgehend zart rosa durchzogen. Eva erinnert sich noch gut an den Geruch des Apfels: Er war frisch und verlockend. Sie würde ihn daran bestimmt wiedererkennen.

Langsam geht sie an den Tischen entlang, auf denen viele Körbchen stehen, in denen sich die verschiedensten Apfelsorten befinden. Viele Namen und Sorten kennt sie gar nicht. Es sind häufig alte Sorten, die auch aus anderen, an Deutschland angrenzenden Regionen stammen und durch ihre Formen und Größen keineswegs für den industriellen Massenanbau geeignet sind. Immer wieder schaut Eva die Leute an, die wie sie an den Tischen entlang schlendern und stehen bleiben, um Äpfel anzusehen, sie in die Hände zu nehmen, sie zu betasten und daran zu riechen.

„Ob er vielleicht das Gleiche macht wie ich? Vielleicht gehen wir schon länger hintereinander her, ohne es zu wissen!" Doch kein Gesicht, in das sie blickt, hat Ähnlichkeit mit dem Mann auf dem Foto. „Vielleicht ist das Bild ja schon älter und er hat sich inzwischen verändert", grübelt sie. „Man sieht auf Bildern ja meistens nicht so aus wie in Wirklichkeit." Dann entdeckt sie einen Apfel, der ihrem Lieblingsapfel ähnelt. Sie kommt mit dem niederländischen Pomologen ins Gespräch und er versichert ihr, dass der Apfel innen ganz weiß ist oder häufig auch rosa durchzogen. Sie nimmt eine Sternrenette in die Hand und riecht daran. Jetzt glaubt sie sich auch an den Namen zu erinnern. Ja, das ist er, eindeutig! Dieser Duft! Himmlisch. Welche Fantasien kreisten einst in Kindertagen um diesen Apfel mit diesem wunderschönen Namen - Stern-renette. Für einen kurzen Moment fühlt Eva sich in ihre Kindheit zurückversetzt.

Kurz vor zwölf schaut sie auf die Uhr und verlässt das Apfelbestimmungsareal wieder in Richtung Café. Es ist voller geworden und alle Tische sind inzwischen besetzt. Sie sieht jedoch weit und breit niemanden, der Adam auch nur annähernd ähnlich sieht. „Er weiß ja eigentlich auch wie ich aussehe", bestärkt sie sich, „und außerdem muss man immer plus minus zehn Minuten Wartezeit einkalkulieren." Eva setzt sich auf eine Bank am Weg, von der aus sie das Kommen und Gehen im Café gut im Blick hat. Neben der Bank blockiert ein Aufsteller den freien Durchgang, damit die Leute auf die selbst getischlerten Apfelstiegen für 12,50€ pro Stück aufmerksam werden. Eine Frau mit Mütze und Sonnenbrille steht neben dem Hinweisschild und niest mehrmals wie ein Kaninchen. Links von Eva steht ein Vater mit seiner etwa neunjährigen Tochter. Sie überlegen ob, sie eine Wurst essen gehen wollen. „Er kommt bestimmt." Eva versucht zuversichtlich zu bleiben, als sie das erste Mal das Gefühl beschleicht, vielleicht versetzt zu werden. „Wieso haben wir eigentlich nicht unsere Handynummern ausgetauscht? Dann könnte ich jetzt eine Nachricht schicken, dass ich schon da bin. - Aber, würde ich das wirklich machen? Bei einer guten Freundin sicher, aber bei einem Unbekannten? Nein, es ist schon gut, dass wir unsere Nummern nicht haben. Ich habe selbst Schuld, wenn ich ungeduldig werde, weil ich immer viel zu früh da bin. Oder ... - vielleicht ist er schon da und zeigt sich nur nicht!" Eva fühlt sich plötzlich unwohl und irgendwie beobachtet und schaut vorsichtig, möglichst unauffällig nach links und rechts. Nichts. Sie kann nichts entdecken. Trotzdem wird sie dieses unangenehme Gefühl nicht los. „Wie lange soll ich hier warten? Zehn Minuten? Eine Viertelstunde? Zwanzig Minuten?" Ihr mulmiges Gefühl wird stärker. „Vielleicht ist er ein Stalker?", dieser Gedanke kommt ihr. „Einer, der heimlich Frauen beobachtet, aber ansonsten nichts mit ihnen anfangen kann." Nach einer halben Stunde steht sie auf und stellt sich hin. Ihr Blick schweift noch einmal über alle Tische des Cafés und den Tresen, sowie den Eingang zur großen Bestimmungshalle. Enttäuschung macht sich in ihr breit. Dann dreht sie sich um und geht den äußeren Weg zurück in Richtung Ausgang. „Wenigstens ist hier was los, dann sieht man nicht gleich, dass ich bestellt und nicht abgeholt wurde." Mühevoll unterdrückt sie ihre Tränen. Sie schlendert an weiteren Infoständen vorbei und bleibt an einem Stand stehen, der Scheiben von Baumstämmen unterschiedlichster Art und Größe ausgestellt hat. Der sympathische Mann mittleren Alters, dessen knubbeliges Gesicht sie an die Apfelsorte „Mecklenburger Kantapfel" erinnert, Genussreife: November bis Januar, schenkt ihr zwei einjährige Fichten. Damit Hamburg weiterhin grün bleibt. Dazu gibt es einen Kalender vom vorigen Jahr mit vielen schönen Baumbildern und Informationen, weil die Fichte Baum des Jahres war. Eva nimmt beides dankbar entgegen und verschenkt ein Lächeln, das den Mann offenbar irgendwie irritiert. Während sie weitergeht, schaut sie sich immer wieder um, möglichst unauffällig, aber sie kann niemanden entdecken, der ihrem Mister X ähnelt. Trotzdem, das mulmige Gefühl verstärkt sich und Eva bemerkt, dass sie leicht zittert. Sie geht etwas schneller. Am Stand des Vereins „Botanischer Verein zu Hamburg e.V." bleibt sie wieder stehen. Dort kann man etwas gewinnen. Man muss für jeweils zwei der ausgestellten Pflanzen Gemeinsamkeiten bestimmen. Diese Ablenkung nimmt Eva dankbar an. Bei der Frage, welche Art sich über das Anhaften an Tieren fortpflanzt, muss sie überlegen. Bei ihrem Hund, mit seinem dicken Zottelfell, wäre eigentlich alles infrage gekommen. Eva macht aber alles richtig und gewinnt Samen. „Keine Menschlichen zur Fortpflanzung der eigenen Art. Daran werde ich wohl noch etwas arbeiten müssen", denkt sie frustriert. Sie entscheidet sich für das dauerhafte Silberblatt, das sich von dem Einjährigen durch die ovalere, spitz zulaufende Blattform unterscheidet, wie ihr ein älterer Mann erklärt, der auch nicht ihr Adam sein kann.

Eva spaziert jetzt betont langsam in Richtung Ausgang und schaut auf die Uhr. Es ist kurz vor eins. „Ja, war wohl nichts. Was für ein Glück, dass dieses Wochenende die Apfeltage stattfinden. So hatte ich doch noch ein paar schöne Momente", versucht sie sich zu trösten, wird aber das Gefühl nicht los, dass er hier ist - und dass er sie sieht. Und dass er sich nicht zu erkennen gibt. „Was will er?" Panik steigt langsam in ihr auf und ihr fährt plötzlich ein Schrecken durch die Glieder. Sie sieht, dass auf einer Bank vor dem Ausgang, unter dem großen Mammutbaum, noch ein Platz neben einer älteren Frau frei ist, lächelt die Frau mit einem Blick auf den Platz und leichtem Kopfnicken an und setzt sich. Ihr Herz beginnt zu rasen. „Könnte es sein, dass Adam wirklich ein Stalker ist? Oder ein Psychopath? Ein gesuchter Frauenmörder sogar? War er deshalb so wortkarg beim Schreiben? Ist es gar kein Bild von ihm, dass er ihr geschickt hat? Beobachtet er sie jetzt und vielleicht schon die ganze Zeit?" Ihre Gedanken beginnen zu kreisen. Sie zittert wieder, diesmal stärker. Die Frau, die neben ihr sitzt, schaut schon rüber. Vorhin hatte sie doch schon einmal das Gefühl beobachtet zu werden. Jetzt ist es stärker denn je. „Vielleicht will er mich verfolgen, bis nach Hause!", denkt sie. „Ich werde auf keinen Fall geradewegs zu meinem Auto gehen." Eva sucht in ihrer Handtasche nach einem Taschentuch und schnäuzt sich die Nase. Dann findet sie auch die kleine Dose Deospray, die sie immer für alle Fälle dabei hat. „Pfefferspray darf man ja nicht, aber Deospray ist erlaubt. Und das ist auch nicht angenehm im Gesicht. Ich werde mich wehren können … !"

Während sie aufsteht, schaut sie sich noch einmal um. Niemand kommt ihr auffällig vor. Nur den Vater mit der Tochter, die etwas essen wollten, sieht sie noch einmal. Dann verlässt sie unsicheren Schrittes den botanischen Garten und wühlt währenddessen in ihrer Handtasche. Ihr Auto steht in einer Querstraße. Dort ist es einsam. Zumindest war es das vorhin, als sie ankam. Trotzdem geht sie in die Richtung. Sie versucht, ihre Angst nicht größer werden zu lassen, sondern alle Sinne zu schärfen und tief ein- und auszuatmen. Abrupt bleibt sie stehen und kramt erneut in ihrer Tasche. „Der Autoschlüssel! Den Autoschlüssel will ich in der Hand haben, damit ich schnell einsteigen und wegfahren kann." Eva beginnt zu schwitzen. Leute weichen ihr aus und sie wird von einer größer werdenden Angst erfasst. „Wo ist mein Schlüssel?" Verzweifelt wühlt sie weiter und dann hat sie ihn endlich ertastet und zieht ihn aus der Tasche. Im selben Moment fängt sie an, schneller zu gehen. Während sie noch auf den Boden schaut, wäre sie beinahe mit einem Radfahrer zusammen gestoßen. Jemand ruft ihren Namen. Sie zuckt zusammen, gibt einen leisen Schrei von sich und beginnt zu rennen, soweit es ihre hohen Schuhe zulassen. Eine der zwei Tüten mit den Jungfichten verliert sie dabei, merkt es aber zu spät, wagt keinen Blick nach hinten und hastet weiter. An ihrem Wagen angelangt öffnet sie mit zitternden Fingern die Tür, schmeißt ihre Sachen hinein, setzt sich schweißgebadet hinters Steuer und drückt alle Verriegelungsknöpfe hinunter. Bevor sie das Auto starten kann, muss sie noch ein paar Mal tief Luft holen. Dann setzt sie den Blinker und fährt los.

„Ach herrjemine, was war das denn für eine Panikattacke? Ich sollte mich wirklich nicht mit fremden Männern treffen, von denen ich zu wenig weiß. Hoffentlich hat er mich einfach nur versetzt. Vielleicht hat er ja den Weg nicht gefunden, oder er hat gar kein Interesse mehr an mir, weil er sich auch noch mit anderen traf und schon eine Frau gefunden hat. Ach, ist ja auch egal. Hauptsache ich werde nicht verfolgt." Auf dem Rückweg schaut sie öfter als nötig in den Rückspiegel, fährt auch einmal rechts ran, um alle anderen Fahrzeuge überholen zu lassen, und macht dann einen Umweg nach Hause.

# Adam sucht Eva

Ein Mann steigt von seinem Fahrrad ab und schiebt es durch die Menschenmenge. Dann hebt er die Papiertüte mit der einjährigen Fichte auf, die eine Frau grade eben verloren hat, als sie beinahe mit ihm zusammen stieß. „Eva?", ruft er, als er ins Straucheln gerät. Doch die Frau dreht sich nicht um. „War sie das?", fragt er sich. „Das könnte sie gewesen sein. Sie sah dem Bild ähnlich." Ratlos, mit der Papiertüte in der einen und dem Fahrrad in der anderen der Hand, sieht er der davon hastenden Dame hinterher. „Auf den Namen hat sie nicht reagiert. Dann war sie es wohl doch nicht."

Er will ihr eigentlich hinterherfahren, um ihr die Tüte mit dem Bäumchen zu geben und sich gleichzeitig zu vergewissern, aber zu viele Leute drängen an ihm vorbei in Richtung Eingang des botanischen Gartens und er wird schon böse angeguckt. Hier ist ja auch gar kein Fahrradweg. Außerdem ist sie längst um die Ecke verschwunden. Er hängt die Tüte an den

Lenker und schiebt sein Rad weiter. Sein Fahrrad hat inzwischen wieder einen Platten, bemerkt er. Am Fahrradständer schließt er das Rad locker an. Wer klaut schon ein Fahrrad mit einem Platten? Die Tüte mit dem Bäumchen lässt er hängen. Dann geht er, so schnell es in dem Gedränge möglich ist, zum Café Palme, dem verabredeten Treffpunkt. Dass hier an diesem Wochenende die „Norddeutschen Apfeltage" stattfinden, wusste er nicht. Er ist spät dran. „Hoffentlich ist sie noch da. Und hoffentlich ist sie nicht allzu sauer", denkt Adam. „Ich bin immerhin fast eine Stunde drüber. Aber wer konnte schon ahnen, dass das Auto nicht anspringt und dass das Rad einen Platten hat, den ich erst mal flicken musste um überhaupt loszukommen? Und jetzt ist es schon wieder hin. Die Reifen sind alt und porös. Ich bin halt lange nicht damit gefahren."

Als er am Café ankommt, herrscht dort Hochbetrieb. Eine lange Schlange hat sich an der Kaffee- und Kuchenausgabe gebildet. Jeder Tisch ist besetzt und in die Halle mit den Pomologen strömen Menschen hinein und hinaus. Es ist schwer, sich hier einen Überblick zu verschaffen. Adam steigt auf einen Mauervorsprung und schaut in die Runde. Doch er kann keine Frau sehen, die Eva ähnlich sieht. „War sie das doch vor dem Eingang?" Reflexartig zückt er sein Handy und dann fällt ihm wieder ein, dass er ja gar keine Nummer von ihr hat. „Wieso habe ich keine Nummer von ihr?" Er steckt das Gerät leise fluchend zurück in seine Hosentasche. Ein Blick auf die Uhr sagt ihm, dass er exakt eine Stunde zu spät ist. „Bestimmt war sie das vorhin. Aber warum ist sie weggerannt?", überlegt er. Er schaut erneut auf die Uhr und geht dann zurück zu seinem Fahrrad. Die Tüte mit der Fichte wurde nicht angerührt. „Was mache ich nun damit?" Dann fällt ihm ein, dass er das Bäumchen als eine neue Möglichkeit der Kontaktaufnahme nutzen könnte. „Verlorene einjährige Fichte sucht ihr zu Hause", so in etwa könnte er die Betreffzeile der E-Mail nennen, die er ihr schikken will. „Ja, das ist eine gute Idee. Und ich werde sie einladen, zu einem Essen oder was sie möchte." Behände schnappt er sich sein

Rad, trägt es zur S-Bahnstation und und steigt in einen Zug.

# Schlangen

Mit einem breiten, falschen Grinsen im Gesicht kommt sie schneckengleich angerollt. Sie, die fleischgewordene Weiblichkeit im gereiften Alter. Zu Rubens Zeiten wäre sie en vogue gewesen. Heutzutage, mit Jeans und Schlabberpulli, macht sie nicht so eine gute Figur.

Ich stehe mit ihrem mickrigen Mann in einem Flur vor einem Bild. Er ist Schulleiter an einer weiterbildenden Schule, hier in diesem östlichen Stadtteil einer deutschen Großstadt. Das Bild hängt in einem der Flure des Veranstaltungshauses, in dem ein Laientheaterstück aufgeführt wird. Es ist gerade Pause und ich begrüße ihn, denn ich kenne ihn aus Zeiten, als meine Kinder noch zur Schule gingen. Eigentlich interessiert er mich nicht, aber ich hoffe, von ihm in einem Gespräch zu erfahren, warum der Schulleiter einer anderen weiterführenden Schule so unvermittelt verschwunden ist. „Kennen Sie die neue Schulleitung?", frage ich freundlich und lächle ihn an. „Nur vom Namen her", antwortet er. „Ich wundere mich, dass Herr Horn seine Position aufgegeben hat", erwidere ich auf ein Bild blickend. „Wir, also der damalige Elternrat, der ihn im Findungsausschuss ausgewählt hatte, glaubten, dass er bis zu seiner Pensionierung bleiben würde." In Wirklichkeit war er der einzige Kanditat und wir befürchteten, dass er ewig bleiben würde. Und es sah wirklich so aus, dass die Schule ihn so schnell nicht wieder loswerden würde. „Ich weiß nur, dass er private Gründe hatte. Seine persönlichen Beweggründe sind wirklich sehr, sehr nachvollziehbar, wirklich", antwortet er, mit dem Kopf nickend und ich merke, dass ihm das Thema unangenehm ist. Ich schwenke um und lenke das Gespräch auf seinen Job, ob der ihm noch Spaß macht usw. Es interessiert mich nicht, aber ich kann ihn ja nicht so einfach stehen lassen. Er schaut sich zwischendurch nervös um und erzählt dann, dass er viel zu tun hat, dass die Kinder, vor allem die kleinen, und damit meint er die Fünft- und Sechsklässler, ihn aber immer wieder für all seine Bemühungen und langen Arbeitstage entschädigen. Neulich, und plötzlich wirkt er ganz entspannt und lebhaft, neulich hätten ihn die Kinder gefragt, ob er nicht eigentlich im Büro sitzen müsse. Das sie sich darüber Gedanken machen, findet er entzückend. „Ja, sie sind schon süß, die Kleinen", erwidere ich leicht gelangweilt und in diesem Moment schnappt sich die Schnecke von hinten seine Hand und grinst mich an wie die Schlange Ka. „Es geht wieder lohos", singt sie säuselnd, legt ihren Kopf schief und zieht ihren Mann davon. „Es geht wieder los", sagt er. „Es geht wieder los", sage ich. Ich habe erwartet, dass durch ihre Geste, beide Hand in Hand, wie frisch Verliebte, in den Theatersaal entschweben würden. Aber als ich aufblicke, haben sie sich schon wieder losgelassen. Die Finger ihrer Hand zucken noch, so als wolle sie einen Fussel loswerden. Er tappert schmal und unbeholfen neben ihr her.

Es geht noch gar nicht wieder los, muss ich feststellen, nachdem ich ihnen gefolgt bin und wir noch auf die Fortsetzung der Darbietung warten müssen. „Was das nun wieder sollte?", frage ich mich. Hat sie wirklich gedacht, ich wolle mich an ihn heran schmeißen? Kaum zu glauben. Oder musste sie sich häuten, die alte Schlange?

# Pralinen

Sie saß auf einem Stuhl vor dem Tisch mit der weißen Tischdecke. Ihre Hände lagen auf der Tischkante. Sie hatte ihr Kinn darauf gestützt, sodass sie auf Augenhöhe mit der Tischplatte war. Vor ihr befand sich ein Berg aus Pralinen. Sie hatte die Tüte geöffnet und die Süßigkeiten vorsichtig heraus geschüttet. Das Zellophan lag am Rand des Tisches, das rote Schleifchen, mit dem es zugebunden war, daneben. Schokoladenduft schwebte im Raum über dem Tisch und sie atmete ihn tief ein. „Lecker", dachte sie und das Wasser lief ihr im Mund zusammen. Dann setzte sie sich langsam auf und begann die Pralinen auf eine Papierserviette zu sortieren. Jeder Happen war von einer anderen Sorte. „Einmal querbeet", waren seine Worte, als er ihr dieses Mitbringsel überreichte.

Achtsam nahm Marie eine Praline nach der anderen zwischen ihre Finger und schaute sie genau an. Dann setzte sie sie nebeneinander auf die Serviette, sodass am Schluss eine etwa

30 mal 30 cm große, fast quadratische Fläche des Tisches bedeckt war. Alle waren handgemachte Einzelstücke. Manche gab es doppelt. „Die müsste man zuerst essen." Es gab Törtchen aus schwarzer Schokolade, mit einem Kirschmuster aus rotem Zuckerguss verziert, weiß überzogene Kugeln mit Blattgold bestreut, milchschokoladenbraune Pralinen, die aussahen wie Eisbecher mit Sahnehäubchen, Happen mit Zuckerschleifen, in Kristallzucker gewälzte Schokokugeln mit grün leuchtenden Pistazien oben drauf und vieles mehr. Sie waren alle kleine Kunstwerke und viel zu schön zum Essen.

Es waren genau 100 Stück. Sie müssen ein Vermögen gekostet haben. „Knauserig war er nicht", dachte sie, „aber Blumen hätten auch gereicht." Er konnte ja nicht wissen, dass sie auf Diät war. Eigentlich war sie immer auf Diät, ihr ganzes Leben lang schon, wenn sie es genau betrachtete. Ihre Schwäche für Süßes, vor allem für Schokolade, war ihr früh anzusehen. Als Kind war sie ein sogenanntes Pummelchen. Manche Erwachsene fanden sie damals entzückend. Diese Leberwurstärmchen, niedlich! Ihre Mutter behauptete anderen gegenüber, sie hätte es mit den Drüsen. Marie verstand damals beides nicht. Sie aß gerne, es schmeckte ihr, und die Oma sagte immer "was schmeckt, ist auch gut und du brauchst etwas auf den Rippen, für schlechte Zeiten."

Irgendwann, etwa zu der Zeit, als sie in die Schule kam, schwante Marie, dass dem nicht so war, wie die Oma behauptete. Sie wurde von ihren Mitschülern wegen ihrer überflüssigen Pfunde gehänselt. Die anderen Kinder waren alle mager und bewegungshungrig, tobten und rannten den ganzen Tag umher. Sie stand meistens am Rand und schaute zu. Keiner wollte mit der Dicken spielen. Im Sportunterricht gehörte sie zu den Versagern. Sie konnte nicht schnell laufen, nicht weit springen, am Barren hing sie wie ein nasser Sack und auf dem Schwebebalken machte sie auch keine gute Figur. Vielleicht schmeckte die Schokolade, die die Oma großzügig ausgab, deshalb umso besser. Sie war jedenfalls kein schlechter Trost.

Als Marie in die Pubertät kam, waren alle Mädchen im Schlankheitswahn. Die Hosen wurden enger, die Oberteile knapper. Die spärlichen Busen wurden hochgeschnallt, die Büstenhalter ausgestopft. Wer nicht mithalten konnte, war sie. Damals begann sie mit ihrer ersten Diät. „Ich esse einfach keine Schokolade mehr", überlegte sie sich. Einfach war schwer. Unter seelischen Qualen lehnte sie alle Leckerlis der Oma ab, behauptete, sie sei satt und würde es später essen, nahm dann die Süßigkeit mit und entsorgte sie, den Tränen nahe, im nächsten öffentlichen Mülleimer. Erfreulicherweise spürte sie recht schnell den Erfolg, ihre Hosen wurden im Bund lockerer. Davon angespornt ließ sie auch das Schulbrot in den Tiefen der auf dem Weg liegenden Mülleimer verschwinden. Irgendwann war sie so schlank, dass ihre Kleidung nicht mehr passte und die Hosen und Röcke herunter zu fallen drohten. Die Eltern waren besorgt. Nicht, weil sie jetzt dünner, sondern weil neue Kleidung gekauft werden musste und das Haushaltsgeld knapp war. Die Oma schüttelte oft den Kopf. "Kind, du brauchst doch etwas zuzusetzen."

Über die Jahre konnte sie ihr Gewicht einigermaßen halten, mal ein, zwei Kilo mehr, dann mal wieder, nach einer eingeschobenen strengen Diät, etwas weniger. Immer mal wieder wurde sie schwach und hatte danach das schlechteste Gewissen der Welt. Sie ärgerte sich, weil sie nicht immer widerstehen konnte. Sie hätte ja auch einen Apfel essen können bei der Hitze im Schwimmbad. Es war ein ewiges Auf und Ab. Ihr Leben drehte sich hauptsächlich ums Essen beziehungsweise ums Nicht-Essen und um Diäten. Marie hatte schon vieles ausprobiert: Atkinsdiät, Blutgruppendiät, Weigth Watchers, 5 Kilo weg in 14 Tagen mit Frau im Spiegel, Brigitte-Diät, Kohlsuppendiät. Nichts wirkte nachhaltig und der Heißhunger hinterher war noch größer als jemals zuvor. „Vielleicht bin ich einfach nicht dafür gemacht, gertenschlank zu sein", kam es ihr manchmal in den Sinn.

Sie fand heraus, dass ihr am besten half, auf Schokolade und andere Süßigkeiten ganz zu verzichten. Das war zwar schwer, besonders am Anfang, aber man konnte sich daran gewöhnen. Sie kaufte gar nichts derartiges mehr ein, suchte jeden Supermarkt automatisch mit ihren Blicken nach den Süßigkeitenregalen ab und machte einen großen Bogen drum herum, sie registrierte die mittig in den Gängen aufgestellten Barrieren mit Angeboten an Bonbons und Keksen, umschiffte sie elegant mit ihrem Einkaufswagen und wechselte automatisch die Straßenseite, wenn sie ein Eisdielenschild sah. Ins Schwimmbad ging sie eh nicht mehr. Sie fand sich zu dick für einen Badeanzug, an einen Bikini wagte sie ohnehin nicht zu denken. Sie schaute weg oder ihren Kollegen starr auf die Haare oder tief zwischen die Augenbrauen, wenn die an einem Schokoriegel knabberten. Sie redete sich ein und erzählte anderen, dass sie sich aus Schokolade nichts machen würde, wahlweise hatte sie auch eine Zuckerallergie oder bekam Schnappatmung wegen der Nüsse, die ja überall in Spuren vorhanden waren. Sie hatte gelernt, Süßigkeiten zu umgehen. Sie hatte sich fest eingeredet, dass es ihr ohne besser ging, sie konnte ja fast alle Kleider tragen, die ihr gefielen, immerhin in Größe 42/44. Sie war diszipliniert und gesundheitsbewusst geworden und das schon einige Jahre lang. Meistens hatte sie tatsächlich das Gefühl, nichts zu vermissen und manchmal vergaß sie sogar, dass es so was wie Schokolade überhaupt gab.

Und jetzt, jetzt saß sie vor 100 Pralinen, die so schön waren, dass man sie eigentlich deshalb schon nicht essen durfte. Sie strömten neben dem Schokoladenduft die Aromen aus, mit denen sie gespickt waren: Sahne-Moussee, Kirsch, Rum, eindeutig Walnuss, tiefschwarze Schokolade, süßer Kakao, Erdbeer. Sie schnupperte vorsichtig an der einen und anderen. Sie wusste genau, wie sie schmecken und sich in ihrem Mund anfühlen würden. Ihr wurde bewusst, wie dünn das Eis war, auf dem sie sich gerade bewegte. Ihr Gedankengerüst der nicht genießbaren Schokoladenaversionen war filigran. Sie wusste, dass das alles nicht stimmte und ahnte, wie schnell ihr Kartenhaus einstürzen könnte. Sie vertrug Schokolade wunderbar, so sehr, dass ihr Körper gleich begann kleine Fettpölsterchen anzulegen, allein durch das Einatmen des Schokoladenduftes. Schon der Anblick der Pralinen ließ in ihr das Gefühl entstehen mindestens, 1 Kilo zugenommen zu haben.

Er hatte es bestimmt nur gut gemeint mit diesem Geschenk. Vielleicht ein wenig zu gut, oder was wollte er ihr damit zeigen? Sein Interesse? Seine Liebe? Sie kannten sich doch erst seit ein paar Tagen. Oder vielleicht seine Großzügigkeit? Was würde er sagen, wenn die Pralinen alle verschwunden wären, wenn er morgen wieder käme? "Wo lässt du das alles nur?" Vielleicht. Vielleicht würde er aber auch etwas davon ab haben wollen. Und dann wären sie nicht mehr da und sie würde als verfressen und egoistisch da stehen. "Selber essen macht fett", könnte sie ihm keck entgegnen, aber dann hätte sie seine Zuneigung sicher gleich wieder verspielt.

Sie starrte auf den Tisch. Sie wusste genau, wenn sie jetzt schwach werden würde, war alles vorbei. Sie würde in einen Rausch verfallen und jede Praline anbeißen. Sie würde gierig so viele wie möglich in sich hinein stopfen. So wie ein Schiffbrüchiger nach Wasser durstet, so ausgehungert nach Schokolade fühlte sie sich in diesem Moment. Dann würde sie mit prallem Leib, fast platzend auf dem Sofa liegen und es würde ihr wieder schlecht gehen. Sie würde sicher Bauchschmerzen bekommen, am nächsten Tag Verstopfung, ein superschlechtes Gewissen, sie würde sich ärgern und wochenlang hungern müssen um die Kilos, die sie sich an einem einzigen Abend angefressen hatte, wieder loszuwerden. Es würde nur noch trockene Salatblätter zu essen geben.

Wollte sie das wirklich? Wollte sie alles, was sie sich mühevoll in vielen Jahren erarbeitet hatte, aufgeben? Wollte sie wirklich mit einem Gefühl, als wäre jemand gestorben, zur Arbeit gehen und so tun als sei die Welt in Ordnung? Wollte sie wieder die Kantine und die Kollegen meiden und die Mittagspause allein im Büro verbringen? Wollte sie auf ihre Verabredungen verzichten, weil sie vor Schwäche wegen der Schneckenkost keine Kraft mehr am Abend hatte? Wollte sie das alles wegen eines Mannes aufgeben, den sie noch gar nicht richtig kannte und der so taktlos war, ihr Pralinen zu schenken? Massenhaft Pralinen!

Sie hatte ihn auf der Geburtstagsparty einer Bekannten kennen gelernt. Zufällig saßen sie nebeneinander am Tisch. Er war mittleren Alters und nicht unattraktiv. Das Haar schon leicht ergraut aber er war insgesamt jung geblieben, sportlich, freundlich, humorvoll. Er hatte Charme und Sex-Appeal. Fand sie jedenfalls. Sie hatten sich nett unterhalten, er hatte nach ihrer Telefonnummer gefragt. Dann hatte er gleich am nächsten Tag angerufen. Sie war ihm also wichtig. Wenn Männer nicht gleich am nächsten Tag anrufen, kann man sie vergessen. Dann sind sie entweder zu schüchtern oder sie haben nur bedingtes Interesse. Sie lud ihn zu sich ein und er brachte ihr diese große Tüte Pralinen mit. Sie erstarrte bei ihrem Anblick, nahm sie dann aber artig entgegen und bedankte sich, heuchelte Freude über das Geschenk und stellte die Tüte außer Sicht- und Reichweite auf eine Anrichte. Er hatte es sicher nur gut gemeint. Ein bisschen zu gut. Eine kleinere Portion hätte auch gereicht. Oder Blumen. Er neigt wohl zu Übertreibungen. Es ist doch irgendwie ungewöhnlich, dass ein Mann, den man gar nicht gut kennt, so übertreibt. Was sollte das? War er einfach nur unsensibel? Oder wusste er wirklich nicht, dass

Pralinen dick machen? Dass viele Pralinen sehr dick machen und dass Frauen deshalb keine Pralinen essen. Jedenfalls keine Frauen wie sie, die als Kind dick waren, gehänselt wurden und keine Freunde hatten. Oder wusste er aus unbekannter Quelle von ihrer früheren Schokoladensucht und wollte sie auf die Probe stellen? Vielleicht ist er ja Schokoladenfabrikant! Sie hatte ihn gar nicht nach seinem Beruf gefragt, und er hatte deshalb vielleicht nichts Besseres zur Hand als Pralinen, kosteten ja nichts aus seiner eigenen Fabrik. Geizhals! Vielleicht waren das ja auch Reste, die er von seiner adipösen Tante erbte, nachdem sie geplatzt war!

Marie wurde immer wütender. Sie stand abrupt auf und holte ein Tablett aus der Küche. Mit der linken Hand hielt sie es an die Tischkante und schob mit dem rechten Unterarm alle Pralinen unsanft darauf. Dann stapfte sie damit auf den Balkon. Nein, wegen so eines Mannes, so einem Grobian, würde sie ihre Prinzipien nicht über den Haufen werfen! Eine Unverschämtheit von ihm, sie so zu beschenken! Sie schüttete alle Pralinen in weitem Bogen über die Brüstung. Danach fühlte sie sich besser, ging in ihre Wohnung zurück und legte sich erschöpft aufs Sofa.

Der Mann, den die Pralinen auf der Straße von oben herab trafen, kam gerade zurück von seinem Auto. Er hatte bei Marie in der Wohnung seinen Schal vergessen. Die Pralinen prasselten auf ihn nieder und als er hinauf sah, fiel eine gegen seinen Mund. Er schüttelte sich und sah dann viele Pralinen, teilweise zerschmettert, teilweise zerbröselt, auf dem Bürgersteig liegen. Ein leichter Schokoladengeschmack mit Erdbeeraroma entwickelte sich auf seiner Lippe. Eine Weile stand er da und starre abwechselnd auf den Fußweg mit den Schokoladentrümmern, dann wieder hoch zum Balkon. „Erstaunlich, wie heil sie teilweise waren, wie gut sie Stürze aus hoher Höhe vertrugen!", kam ihm in den Sinn. Er ging zum Haus und klingelte. Nichts rührte sich. Er versuchte es noch einmal. Sichtlich irritiert drehte er sich dann um und fuhr nach Hause. Er hatte es eigentlich nur gut gemeint.

# Weltenwechselstimmung

Regen am Wasser

Echte Täuschung ist Wahrheit

Regen im Wasser


Zu zweit betreten sie das kleine Restaurant mit Alsterblick und setzen sich an einen Tisch mit zwei weißen Rosen in je einer Vase. „Ob das etwas zu bedeuten hat?", fragt sie sich. Sie schaut sich um. Viele Pärchen, im Stimmengewirr sind nur Wortfragmente auszumachen, sie registriert verliebte Blicke, Umarmungen.

Wie gerne würde sie auch welche bekommen, oder wenigstens ein paar nette Worte. Sie ist gar nicht anspruchsvoll, an eine Unterhaltung, einen Dialog glaubt sie schon lange nicht mehr. Aber mal ein zustimmender Blick, ein Nicken ...

„Wieso haben wir hier eigentlich Einkehr gehalten?", überlegt sie und als ihr Blick auf den Bildschirm oben an der Wand hinterm

Tresen fällt, auf dem Unterwasserfilmaufnahmen ein Aquarium vortäuschen, fällt es ihr wieder ein: Er musste mal.

Jetzt sitzt er wieder vor ihr und telefoniert. Wichtig, wichtig. Sie hört ihn gar nicht, schaut nur auf die mimische Überzeugungsarbeit, die er leistet. Am Telefon! Er kapiert es nicht.

Sie dreht ihren Kopf zum Fenster und kann den stärker werdenden Regen jetzt in der Luft sehen. Stehpaddler ziehen vorbei. Sie stellt sich vor, selbst auf so einem Brett zu stehen und über das Wasser zu gleiten. Sie würde langsam paddeln. Die anderen würden nicht so schnell merken, dass sie zurückbleibt.

Sie nimmt am Nebentisch einen korpulenten Mann mittleren Alters wahr, spitznasig mit feistem Gesicht. Die meisten Menschen sind nicht schön anzusehen. Er streicht seiner asiatischen Freundin unsensibel über den Rücken. Rubbel, rubbel. Junge Männer mit kräftigen Staturen schieben sich an ihrem Tisch vorbei. Die Flammen im Heizpilz auf der Terrasse lodern, Feuerspitzen züngeln hinauf.

Niemand bemerkt, dass sie zurückfällt. Alle sind mit sich selbst beschäftigt. Sie biegt ab in einen Seitenarm der Alster. Die Spatzen haben sich zurückgezogen: zu nass. Das Brett gibt nach, es geht ganz leicht. Eine abgehärtete Taube überquert das Wasser unter einer Trauerweide. Der Bildschirm zeigt ein Standbild. Morgen ist Mai.

# Anspruchsvolle Sie sucht ihn

Er sollte sein:

Strikter Nichtraucher

Gern auch Perlentaucher

Sauber, ordentlich, gepflegt

Die Stirn nur nicht in Falten gelegt

Interessiert und interessant

Sehr diskret und tolerant

Wohlwollend, gern wohlhabend

Genießerisch am Abend

Intelligent und kritisch

Nicht abgeneigt für manchen Fetisch

Nicht zu alt, lieber gereift

Einer, der schon weiß wie's läuft

Gerne sportlich und gesund

Schön wär' auch ein weicher Mund

Ob blond, ob braun oder gar kahl

Ich nehm' auch weiß, das ist egal

Ob tätowiert oder natur

Was wirklich zählt, ist eines nur

Das wär' ein großer Segen

Er muss mich, wie ich bin, gern mögen

Er darf mich auch zum Lachen bringen

Und gerne mal das Tanzbein schwingen

Als Astronaut die Sterne pflücken

Und mich mit Lebensfreud' beglücken.

# Meine Freundin

Meine Freundin hat jetzt einen Neuen. Seit etwa eineinhalb Jahren. Mit dem Alten ist aber immer noch nicht Schluss. Was heißt Schluss? So richtig zusammen waren die beiden ja eigentlich nie. Sie regen sich immer noch gegenseitig auf. Oder besser gesagt, er sie. Dann ist sie ganz kribbelig und zweifelt wieder an ihrer Beziehung. Ob das bei ihm genauso ist, weiß man nicht.

Aber der Reihe nach, bevor es zu kompliziert wird.

Meine Freundin ist geschieden. Das ist heute nichts Ungewöhnliches mehr. Das Kind ist groß und aus dem Haus, die Eltern auseinander, kleiner Rosenkrieg voran. Er fand recht schnell Ersatz. Bei ihr dauerte es. Sie war lange alleine, weil sie keine neue Beziehung wollte und sich auch gar nicht vorstellen konnte, dass sich jemand für sie interessierte. Sie flog dann für ein paar Wochen ins Ausland zu einer Bekannten, die ihr Sabbatjahr freiwillig in einer Einrichtung mit geistig behinderten Kindern verbrachte. Auf dem Flug dorthin saß sie zufällig neben einem Mann. Sie kamen miteinander ins Gespräch, tauschten mehr oder weniger pro forma ihre E-Mail-Adressen aus und verloren sich dann nach der Landung am Flughafen aus den Augen. Sie erinnerte sich auch erst wieder an ihn, als sie zu Hause war. Ihr Postfach war nämlich voll. Er hatte ihr mehrfach geschrieben. Irgendetwas hatte er damit in ihr ausgelöst. Sie war plötzlich interessiert und beide tauchten in eine Welt wilder E-Mailvertrautheit ein, denn er lebte in dem anderen Land. Nach dem, was sie mir alles erzählte, konnte ich mir endlich vorstellen, wie Heiratsschwindler es hinbekommen, wildfremde Frauen, die sie nie gesehen haben, dazu zu bringen, ihnen viel Geld zu überweisen. Und meine Freundin und er hatten sich ja wenigstens schon einmal gesehen, nebeneinander gesessen und englisch miteinander gesprochen. Neben diesem virtuellen Treiben, das sie mehrere Pfunde und noch mehr Nerven kostete, suchte meine Freundin trotzdem in der realen Welt weiter nach einem Mann.

Wie findet man denn heutzutage einen neuen Partner? Sind alle bei Parship, Tinder, Fenja oder sonstigen Datingportalen? Anscheinend ja. Sie hat jedenfalls viel versucht. Ich war sogar mit ihr auf einer Ü40-Party. Mitten in der Nacht! Ich musste vorschlafen, damit ich es schaffte, noch so spät aktiv zu sein.

Es dauerte etwas, bis sie einsah, dass Verabredungen zu einem Treffen zwecks Kennenlernen heute nicht mehr das sind, was man lange glaubte: privat. Wenn man sich bei einem Datingportal anmeldet, muss man schon etwas von sich preisgeben. Und sie war doch immer die oberkritische Datenbewahrerin, denn was einmal im Netz ist ...

Sie traf sich dann mit Männern und hielt mich überwiegend auf dem Laufenden. Ist ja auch ganz gut und manchmal sicherer. Wer weiß, wen man alles so trifft. Da waren einige Bewerber. Ich erinnere mich an einen, den sie wohl ganz nett fand. So einen, der ein bisschen auf Althippie machte, mit schickem Camping-Bus und so und der viele Leute kannte im ländlichen Raum, die Feten feierten, zu denen er sie mit nahm. Fast wie früher, als wir noch jung waren. Sie fand das auch alles toll und sie verbrachten wohl einige schöne Abende miteinander. Meine Freundin betrachtete ihn jedoch eher als Kumpel und wunderte sich dann, warum er sich plötzlich nicht mehr meldete. „Vielleicht, weil er eine Freundin sucht?", sagte ich zu ihr. „Aber es war doch alles ganz nett. Wir hätten doch Freunde sein können," war ihre Antwort. „Er sucht eine Frau!", sagte ich noch mal eindringlicher, hatte aber nicht den Eindruck, dass diese Vermutung mit ihrer Tragweite zu ihr wirklich durchgedrungen war. Hatte ihr die E-Mailbekanntschaft zu dem fremden Mann im Ausland den Verstand geraubt?

Dann war da noch einer, den sie ganz nett aber doch nicht sooo attraktiv fand, und ein anderer, den sie gut fand, der sich aber nicht mehr meldete. Es gab Tage, da traf sie sich mit drei Männern nacheinander. „Kommst du da gar nicht in Terminnot?", fragte ich einmal. „Stell Dir vor, mit dem Ersten oder Zweiten ist es ganz toll, würdest Du dann das Date abbrechen, weil Du noch einen Dritten treffen willst, von dem du noch nicht einmal weißt, ob er dir gefällt? Und würdest du dem Zweiten sagen, dass du noch ein drittes Date hast, wegen der Auswahl?" An ihre Antwort kann ich mich nicht mehr erinnern.

Ihre „Urlaubsbekanntschaft" lief per E-Mail immer nebenbei weiter. Obwohl - sie wollten sich ja mal wirklich in echt treffen, doch leider kam vor allem ihm immer wieder etwas Unvorhergesehenes dazwischen. Sie war deswegen zwischendurch schon ganz wuschig. Und dann war es auf einmal so weit. Er, der Virtuelle, hatte sie mit seinen Liebeserklärungen so verrückt gemacht, dass sie es nicht mehr aushielt. Sie schrieb, dass sie ihn besuchen würde, nahm sich kurzerhand Urlaub und buchte einen Flug und eine Unterkunft. So wahnsinnig begeistert schien er von der Idee nicht zu sein. Jedenfalls ruderte er in seinen E-Mails ganz schön zurück, von wegen, er hätte in der Woche nicht viel Zeit usw. Und so war es dann auch. Sie flog hin und traf ihn in ihrer Urlaubswoche genau zweimal. Das erste Mal für eine dreiviertel Stunde, in der sie zusammen aßen, und das wars. Das zweite Mal ließ er sich ein bisschen mehr Zeit, aber auch nicht viel mehr, es reichte gerade für ein kleines Tete à Tete. Und sie saß in der Woche häufig verheult vor ihrem Laptop und skypte mit mir.

Ich dachte ja, dass sich diese Affäre nach dieser Aktion erledigt hätte. Aber weit gefehlt, das Hin- und Hergeschreibsel ging weiter, bis zum heutigen Tag. Sie puschen sich gegenseitig hoch durch Pläne, die nicht zu verwirklichen und Versprechungen, die nicht zu halten sind. Es ist wie eine beiderseitige Sucht. Das hat sie inzwischen begriffen und doch möchte sie manchmal etwas anderes glauben. Ich finde ja, das ist eine einvernehmliche geistige Behinderung, was sie da tun.

Jedenfalls hatte sie dann durch ihr fortwährendes Gesuche plötzlich einen Mann kennengelernt, mit dem sie sich öfter traf. Er umwarb sie, war etwa im selben Alter und auch geschieden. Er lebte jedoch mit zwei seiner drei Kinder in seinem Haus zusammen. Beide Kids waren schon volljährig, studierten aber noch. Das andere, wesentlich jüngere Kind, lebte bei der Mutter. Das war der Rahmen. „Er sagt, er hätte jetzt nicht mehr viel

Zeit, jemanden für eine neue Beziehung zu finden. Immerhin sei er schon über fünfzig. Und ich finde, da hat er recht. Die Zeit rennt. Die Uhr tickt", bemerkte meine Freundin. Sie erzählte viel von ihm und seinen Kindern und seiner Ehe. Die Frau, sie sei wohl ein bisschen durchgeknallt, und deshalb hätten sie sich getrennt. „Ja," dachte ich, „da ist die Schuldige schnell gefunden. An ihm hats also nicht gelegen. Ist aber doch merkwürdig, dass sie drei Kinder gemacht haben und immerhin so lange zusammen waren, bis das erste volljährig war. Na egal." „Er hat Geld", erwähnte sie eines Tages. „Wie Geld?", fragte ich. „Na ja, er ist nicht reich, aber er hat ziemlich viel Geld. Hat wohl geerbt. Aber Geld interessiert mich nicht. Das habe ich ihm auch gesagt." Meine Freundin war wirklich eher der bescheidenere, sparsame Typ. Trotzdem schien das Geld, das er zur Verfügung hatte, sie zu beeindrucken, und sei es nur, um etwas dagegen zu setzen. Z. B. führte er sie in teure Einkaufspassagen und ging natürlich nur in die Designerläden. Sie kaufte sich daraufhin extra einen Fummel für 10 Euro in einem Billigladen. Doch womit er sie dann letztendlich zum Großteil an sich binden konnte, war die Unabhängigkeit, die sein Geld bedeutete. „Ja, Geld macht sexy", dachte ich. Außerdem gab er ihr eine interessante Arbeit, die sie so nebenbei machen konnte. Dann kamen Pläne hinzu, ins Ausland zu gehen, die konkreter durch Reisen wurden, zu denen er sie einlud. Plötzlich wollte er wirklich auswandern und ging offenbar davon aus, dass sie mit ging. So wie sie davon erzählte, hielt sie sich zumindest diese Möglichkeit offen. Wäre ja auch blöd, das gleich abzublocken.

Mich wunderte nur, dass sie nicht wirklich verliebt war und trotzdem ihr bisheriges Leben für ihn über den Haufen werfen wollte. „Verliebt sein ist anders", hatte ich mal angemerkt. „Da hast du recht", war ihre Antwort. Immer häufiger erzählte sie auch von den Konflikten in der Zwangs-WG mit seinen Kindern. Ich hegte die Hoffnung, dass sie wieder vernünftig werden würde. Sie wohnte zwei bis drei Tage in der Woche in ihrem eigenen Haus, die restliche Zeit verbrachte sie auf der Arbeit oder bei ihm. Dazwischen

schrieb sie immer noch E-Mails an ihre Be-
kanntschaft und bekam welche zurück, die sie
aufwühlten.

Der Neue lud sie dann ein mit ihm Urlaub
auf den Bahamas zu machen. Eventuell wäre
das ein Auswanderungsziel, sagte er. Sie
wollte die Einladung erst nicht annehmen,
fuhr dann aber doch mit. Sie schauten sich
dort offenbar einige Häuser und Wohnge-
genden an, fanden aber nichts, was so richtig
toll war. Meine Freundin, akribisch, wie sie ist,
erkundigte sich über alles, was eine Aus-
wanderung auf die Bahamas mit sich bringen
würde. Anscheinend war es dann doch kein
Traumziel mehr. Sie hatten für ein halbes Jahr
später zwar noch mal eine Reise dorthin
gebucht, es gab ortsübliche Wetterkapriolen,
und dann rückte das europäische Ausland
mehr in ihren Focus. Eine weitere Reise
dorthin sollte folgen.

Er baute nun Druck auf und zog die Zügel
an. Er bot sein Haus zum Verkauf. Seine beiden Kinder müssten sich dann was anderes
suchen. Im Sommer schon würde das Haus
verkauft sein, wenn alles gut ging. Er hatte

zwar noch keine neue Bleibe und würde vorerst mit in das Haus meiner Freundin einziehen, nachdem er seinen Hausstand irgendwo eingelagert hätte. Aber er verscherbelte vorher schon eine Menge Dinge, die er nicht mehr gebrauchen konnte. Meine Freundin sollte auch ihr Haus verkaufen, jetzt würde sie die höchsten Preise erzielen, sagte er. Und sie zog es tatsächlich in Erwägung, obwohl das vorher immer ein Tabu war. Auch auf mein Anraten hin, dass das Haus doch ihre Rückfahrkarte aus einem Lebensabenteuer werden könnte, ließ sie nicht mehr so sicher gelten. Langsam bekam ich Angst um sie. Was hatte dieser Mann mit ihr gemacht? Sie sagte mir zwischendurch mal, dass sie große Zweifel hätte, außerdem sei er nicht schön. Sex mit ihm wäre ok. Er sei nicht sehr anspruchsvoll. „Na, wenn du das dann kannst", erwiderte ich, und dachte, dass ich gar nicht wusste, dass sie einen schönen Mann suchte. Ihre größte Sorge wäre ihr Job, den sie ja aufgeben müsste. Immerhin hatte sie eine feste Anstellung erreicht, und das in der heutigen Zeit, in der das gar nicht mehr selbstverständlich ist.

Und dann verkaufte er sein Haus. Die Garage sollte schon vorher geräumt werden, damit der neue Eigentümer einen Zugang zum Nachbargrundstück bekommen konnte, welches bereits verkauft war. Sie räumten nach und nach sein Haus leer. Die Kinder waren auf wundersame Weise irgendwo untergekommen. Meine Freundin war ganz euphorisch am packen, obwohl es alles seine Sachen waren.

Nachdem die Bahamas völlig out waren, kam Italien ins Rennen. Offenbar war auch klar, dass sie mit ihm geht. Ich fragte sie, ob es denn schon sicher sei, dass sie mit auswandert. Sie sagte ja, sie würden dort ein Haus suchen, das groß genug für viele Besucher sei. Wir hatten vorher schon mal darüber gesprochen, dass ich ihr Haus in so einem Falle vermieten und mich drum kümmern würde. Damals war sie ganz begeistert davon, doch jetzt auf einmal redete sie von einer Schrottimmobilie, die sie wohl möglichst bald verkaufen sollte, denn jetzt gäbe es das meiste Geld dafür.

Wie konnte es sein, dass sie in so kurzer Zeit ihre Meinung vollkommen änderte? Das war ja schon fast wie eine Gehirnwäsche! Wie hatte er es hinbekommen, dass sie, die Akribische, auf Sicherheit Bedachte, so gefügig wurde und sämtliche Bedenken ausblendet? Mir war das ein Rätsel.

Und dann ging alles ganz schnell. Sein Haus wurde verkauft, er zog bei ihr ein. Sie kündigte ihren Job und sie flogen nach Italien. Sie mieteten sich dort auf einer hübschen Insel erst mal eine Wohnung. Von dort aus wollten sie dann ganz in Ruhe ein schönes Häuschen suchen. Das Haus meiner Freundin wurde zum Verkauf angeboten. Und dann kam Corona und alles geriet ins Stocken. Sie hockte im Ausland, sie durfte nicht zurück, erstmal. Ihr Haus stand leer und alle Verkaufsbemühungen stagnierten. Die Kaufbemühungen in Italien ebenso. „Wer weiß, wofür es gut ist", dachte ich. Aber jetzt nochmal von vorn.

# Benching

„Na super! Da musste ich erst ins Ausland fliegen, um mich zu verlieben. Wenigstens weiß ich jetzt, dass ich seit meiner Scheidung emotional nicht völlig abgestumpft bin. Aber musste es ausgerechnet ein Israeli sein? Seitdem wir uns trafen, sind meine Hormone in Aufruhr. Nein, das stimmt gar nicht. Erst seitdem ich zurück bin und er mir andauernd Mails schickt. Mein Postfach ist so voll wie nie." Tina erzählt ganz aufgekratzt.

„Wie habt ihr euch denn kennengelernt?", will Anke, ihre beste Freundin, wissen. „Wir saßen auf dem Hinflug nebeneinander und haben uns sehr gut unterhalten. Wir tauschten Visitenkarten aus, aber in der Ankunftshalle bei der Gepäckausgabe habe ich ihn aus den Augen verloren. Als ich wieder zu Hause war, hatte er mir schon mehrere E-Mails geschrieben. Zum Glück ist er weit weg, sonst wäre ich womöglich noch leichtsinnig. Aber das nächtliche Chatten macht mich ganz schön fertig. Ich muss doch auch mal irgendwann schlafen!" „Und? Was ist er für einer? Muss ja ein toller Typ sein, bei der Aufregung", erwidert Anke ziemlich trocken. „Es ist Irrsinn, was ich hier mache. Natürlich ist er verheiratet. Was sonst? Ich war es ja auch. Und seine Ehe ist unglücklich, klar, sie sind praktisch nicht mehr zusammen, seit 20 Jahren schon. Er zieht die üblichen Register. Warum spiele ich trotzdem mit dem Gedanken, dass wir uns auf halber Strecke treffen? Vielleicht im Frühling in Italien? Seine Idee!" „Alles klar! Diese Nummer läuft da also. Bestimmt will er sich wegen dir scheiden lassen", sarkastisch verzieht Anke ihr Gesicht. Zum Glück kann Tina sie am Telefon nicht sehen. „Wenn er noch mit seiner Frau zusammen lebt und womöglich Familie hat, dann mache ich das nicht. Aber ich kann ja nicht nachprüfen, ob es stimmt, was er mir schreibt. Also muss ich mich darauf verlassen." „Tja, schwierig", mehr fällt Anke dazu nicht ein.

„Ich kenne ihn ja gar nicht. Ich kenne auch die Mentalität israelischer Männer nicht. Sind sie wie die Italiener, die einem das Blaue vom Himmel versprechen? > Amore, amore, grande amore! Ich sterbe für dich! < Und alles ist nur Fassade für eine Liebschaft? Oder sind sie eher wie Männer aus dem kühlen Norden? Ehrlich und bodenständig, kein großer Troubadour, aber wahre Gefühle mit Bestand. Echte Liebe. Ich habe nicht die geringste Ahnung." „Ich auch nicht", erwidert Anke.

„Ich weiß nicht einmal mehr, wie er aussah. Es gibt eine Website seiner Firma, da habe ich natürlich geguckt. Dort sieht man ein Bild mit seinem Porträt auf der Titelseite einer Zeitschrift. Er lächelt sehr, sehr nett. Es sieht gestellt aus. Er ist nett, aber nicht nur, nicht so wie er auf dem Bild lächelt. Ich schicke dir den Link."

Als Anke und Tina ein paar Tage später zusammen sitzen, gucken sie die Website an. „Er hat einen runden Kopf", fällt Anke auf, „wie groß ist er?" „Ich weiß es nicht! Als wir aus dem Flugzeug ausstiegen, war ich schon von ihm befangen. Das weiß ich jetzt. Ich meine, mich zu erinnern, dass es mit der Körpergröße irgendwie passte. Auch an seine Statur erinnere ich mich nicht. Aber dick war er nicht." „Na, dann." Anke wundert sich ein bisschen über ihre Freundin. Sie kennt ihn nicht und kann sich weder an seine Größe noch an seine Statur erinnern, ist aber hin und weg.

„Er ist sehr fordernd in seinen E-Mails. Er weiß, dass ich tagsüber arbeite und nicht antworten kann. Trotzdem schreibt er mir ständig. Und…! Heute hat er mich angerufen! Er will sich schon bald mit mir treffen. Juhu! Schon Ende dieses Monats! Wir suchen einen Termin. Ich bin so aufgeregt!" „Na dann nimm das Abenteuer doch ruhig mit", schlägt Anke vor. „Wenn er kein AIDS hat und kein Geld von dir will, kannst du ihn doch einfach mal ausprobieren. Schließlich bist du unabhängig. Du bist geschieden, dein Kind ist erwachsen und du lebst allein. Vielleicht hat sich nach einem Wochenende oder einer Nacht schon alles erledigt. Vielleicht ist er ein Flop im Bett oder er zuckt ständig mit den Füßen oder muss dreimal täglich beten."

„Ja, ich weiß das alles und bin trotzdem hin und hergerissen. Eine so lange Zeit hat sich niemand für mich interessiert. Nein, das stimmt auch nicht. Ich habe mich schon sehr lange für niemanden interessiert. Die Chemie stimmte einfach nicht. Und jetzt bin ich total überwältigt von der Wirkung der Hormone. Mich stresst das, ich habe Herzrasen. Ich weiß nicht, wie lange ich das aushalte." „Na ja, bis Ende des Monats ist es ja nicht mehr lange hin. Das schaffst du schon", versucht Anke ihre Freundin zu beruhigen.

„Aber sag' mal, was willst du eigentlich von ihm?", Anke stellt einfach mal diese Frage, denn nach wenigen weiteren Chats ist offenbar klar, dass er noch mit seiner Frau zusammen lebt und Familie hat. "Habe ich auch überlegt. Eigentlich finde ich es großartig, endlich einmal wieder das Gefühl zu haben, für jemanden interessant zu sein. Und ich will Sex von ihm", antwortet Tina. „Sex kannst du auch hier haben", entgegnet Anke, „dafür musst du dich nicht mit einem Israeli auf halber Strecke treffen." „Aber ich finde das Exotische so interessant." „Das gibt es auch bei uns." „Ja, ja, aber anders. Nein, ich weiß auch nicht."

„Heute hat er mir wieder E-Mails geschrieben und er will von mir wissen, ob ich einen Partner habe, wie viele Partner ich schon hatte, wann das letzte Mal. Ich finde das übergriffig. Warum will er das wissen? Er hat geschrieben, dass er mit dem Gedanken spielt, nach Deutschland zu ziehen." „Ist er denn jetzt frei?", Anke ist erstaunt. „Ich glaube, er ist es nicht. Ist nur so ein Gefühl. Ich habe ihm geschrieben, dass Politik und Religion keine Themen zwischen uns sein sollen. Dann hat er mir ein Bild von sich auf einer religiösen Familienfeier geschickt. Hat er nicht verstanden, was ich meine oder ist die Religion in seinem Leben so bestimmend, dass er das gar nicht weglassen kann? Ich soll ihm schreiben, dass ich ihn liebe. Das kann ich nicht, ich kenne ihn ja gar nicht. Dann hat er mir geschrieben, dass er glaubt, dass er das nicht kann, sich mit mir irgendwo treffen." „Ah, ich glaube ich weiß, worauf das hinaus läuft", denkt Anke. Aber sie weiß, dass sie ihre Freundin nicht retten kann. Sie ist schon in seinen Fängen. Anke kann nur versuchen, Tina immer wieder auf den Boden der Tatsachen zu bringen.

Ein paar Tage später schreibt Tina Anke in einer E-Mail: „Ich glaube, es ist jetzt vorbei. Es ist, glaube, ich wieder gut. Es war nur ein heftiges Aufwallen der Hormone im Frühling." Anke ist etwas beruhigt. „Na endlich", denkt sie, „wird ja auch Zeit."

Am Tag darauf: „Er hört nicht auf. Er schreibt mir ständig. Und wir haben telefoniert. Ich mag seine Stimme. Ich bin so fertig. Er macht mich fertig. Er ist so empathisch. Wenn ich denke, dass ich jetzt mal ein paar Tage Pause brauche, weil ich das sonst nicht durchhalte, dann sagt er genau das, was ich vor ein paar Minuten gedacht habe! Kann er hellsehen? Der Typ ist mir irgendwie unheimlich. Er ist sooo einfühlsam, dass er mein Bedürfnis durch ein normales Gespräch erfühlt! Wahnsinn." „Dein Bedürfnis nach was?", will Anke wissen. „Na ja, ich fühle mich irgendwie gewollt und und geliebt." „Fast ein bisschen väterlich", stellt Anke fest. Tina denkt darüber nach. „Ja, da hast du recht. Eigentlich ist das schon fast ganz ein bisschen übergriffig. Ich mag das eigentlich überhaupt nicht, wenn andere mir sagen, was gut für mich ist. Jedenfalls nicht so. Aber es ist ja nur ein ganz klein bisschen so bei ihm. Er spürt das eben. Hach."

„Eben haben wir das erste vernünftige Gespräch geführt. Er hat mich vorhin zum dritten Mal angerufen. Das Gespräch war sehr schön. Ich bin die erste nichtjüdische und deutsche Frau in seinem Leben. Puuuuh, das ist eine ganz schöne Last … ." „Ja, du repräsentierst offensichtlich etwas. Fragt sich nur was. Was für ein Bild haben deutsche Frauen denn in der Welt? Von Schwedinnen weiß man das ja. Sie gelten als besonders freizügig. Von anderen weiß ich so gar nichts. Vielleicht recherchiere ich das mal. Ist ja ein interessantes Thema." „Mir fallen spontan die Bayern ein, ich weiß, es ist abgegriffen. Die Männer tragen traditionell zu jeder Gelegenheit Lederhosen - mit Klappe vorne dran. Und die Frauen natürlich Dirndl, mit Kimme vorn." „Ha, ha, ha, du bist lustig! Und Engländerinnen haben den Ruf, prüde zu sein. Ohnehin von der Natur eher schmächtig, blass, blöndlich und unscheinbar ausgestattet, wird in Filmen doch eher ein frigides Bild dieser Frauen wiedergegeben." „Ja, und die Italienerinnen: Wenn noch jung, sehr sexy und verführerisch, später als "la Mama", vollbusig und dominant, managen sie lautstark die Familie mit zahlreichen Bambinis." „Die Französinnen: Immer schick, wenige Kinder, berufstätig und emanzipiert. Sie werden von den französischen Männern umgarnt und hofiert." „Polinnen: Freundliche, willige, dienende Frauen." „Andere, osteuropäische Frauen, Rumäninnen, Bulgarinnen usw.: eher bekopftucht, nicht wie in islamischen Ländern, sondern wie Russinnen auf dem Feld, völlig unsexy oder grell geschminkt und prostituiert." Tina und Anke müssen herzhaft lachen. „Jetzt haben wir aber ordentlich in die Klischeekiste gegriffen!" „Und deutsche Frauen?"

„Am Samstag werden wir skypen. Ich bin etwas ruhiger geworden. Das ist ja nun schon der dritte Versuch irgendeiner Art von Beziehung. Es würde mich, glaube ich, nicht mehr umhauen, wenn das nichts wird."

„Natürlich ist er verheiratet. Und er hat Kinder. Ein Sohn wohnt noch zu Hause. Wir haben geskypt. Er muss das heimlich tun, damit seine Familie das nicht mitbekommt. Das ist ein komisches Gefühl. Wir wollen uns treffen, in Berlin. Er hat dort beruflich zu tun.

Ich bin schon ganz aufgeregt." „Sagtest du nicht, dass du das nicht machen würdest, wenn er Familie hat?", fragt Anke.

„Das wird nichts mit dem Treffen. Er kann es nicht zum geplanten Termin einrichten und ich kann nicht so kurzfristig meinen Dienstplan umstellen. Dann soll er mich doch endlich in Ruhe lassen! - Tut er aber nicht!" „Oh Tina, hör du doch einfach auf damit. Wenn dir das Land so gut gefällt, dann plane einen Urlaub dorthin. Aber nicht unter Druck eines Mannes, den du nicht kennst und der dich nicht in Ruhe lassen kann. Glaube mir, es gibt noch mehr Männer auf der Welt. Ganz bestimmt, auch exotische, auch nette, geile, reiche, schöne, spannende, aufregende … ."

„Ich habe es versucht, ihm nicht mehr zu schreiben, aber er hat sich wieder gemeldet, mehrfach. Oh mein Gott, was jetzt? Anke, Du hast mich wunderbar wieder geerdet, aber es war insgesamt bei mir so was von gar nicht vorbei ... immer, wenn es draußen dunkel geworden ist, hat es richtig wehgetan. Diese Sehnsucht nach Veränderung. Nach diesem verrückten Land. Und jetzt ... na ja, man könnte auch sagen: Diese Runde hat er verloren. Ich verspreche: Ich werde ihm heute nicht mehr antworten. Erst morgen. Aber antworten werde ich. Liebe Anke, du hast in allem Recht. Aber da ist so viel Gefühl in mir. Trotzdem: Diese On-Off-Geschichte mache ich nicht weiter mit. Jetzt muss es konkret werden."

„Seine Frau hat Geburtstag und die Familie will essen gehen. Er schickt mir kryptische Zeichen. Wahrscheinlich heimlich, beim Essen mit seiner Familie ... dislike. Erst später habe ich gesehen, dass es Emojis sind. Ich will das so nicht. Es ist vorbei. Ich werde alle seine E-Mails, alle die noch kommen werden, in einen separaten Ordner stecken. Ungelesen." „Das Beste wäre, wenn du gleich seine Skype-Adresse löscht," rät Anke. „Ja, das wäre das Beste. Ich kann's nicht." „Lass die Finger von dem Ganzen. Du schürst sonst immer wieder das Feuer an, wenn du antwortest. Das Ganze ist ein interessantes Spielchen, aber höchst anstrengend und nicht zufriedenstellend. Er hält dich hin. Merkst Du das? Und du bist nicht frei für etwas Neues, hier bei uns." „Du hast ja so recht, trotzdem."

„Wir haben wieder geskypt. Er geht auf alle meine Forderungen ein! Jetzt werde ich ihm einen Termin setzen. Einen Termin, bis wann wir uns endlich mal getroffen haben. Wenn das nichts wird, dann ist es aus! Weißt du Anke, ich genieße den Zustand des Verliebtseins. Dass ich verliebt bin, merken auch andere. Andere Männer. Und sie gucken." „Die haben auch vorher schon geguckt. Du hast es nur nicht bemerkt." „Kann ja sein. Aber jetzt merke ich das."

„Schauen wir die Pro-und-Kontra-Liste, die wir letztens gemacht haben, noch mal an. Es ist nicht mehr viel dazu gekommen. Auf der Kontraseite steht mehr. War ja zu erwarten. Und der wesentliche Punkt ist, dass er gebunden ist. Er will das regeln, hat er gesagt. Das muss er auch tun. Egal, was er da und wie er das regelt. Mir ist das egal. Ich will mich einfach nur mal mit ihm treffen. Ich habe mir vorgenommen, Hebräisch zu lernen."

„Bin ich egoistisch? Oder liebestoll? Oder durchgeknallt? Ich will endlich mal wieder etwas Verrücktes tun. Ein Treffen mit ihm in Berlin! Wie lange soll ich warten? Bis Ende

Mai? Wenn es diesmal nichts wird, dann ist es wirklich aus."

„Es wird nichts. Es ist aus. Er meldet sich nicht mehr."

„Er hat sich doch wieder gemeldet. Oh mein Gott, was jetzt? Anke, du hast mich wieder wunderbar geerdet, aber es war insgesamt bei mir immer noch so was von gar nicht vorbei. Ich verspreche mir: Ich werde ihm heute nicht mehr antworten. Erst morgen. Aber antworten werde ich."

„Hallo Anke?" „Hei, wie geht es dir?" „Diese On-Off-Geschichte mache ich nicht weiter mit. Ich habe ihn als Skype-Kontakt gelöscht, eher aus Versehen, ich wollte ihn nur blockieren ... na ja, gut so. Ich habe alle Mails in einen Ordner wegsortiert. Ich leide sehr. Aber es ist reinigend." „Besser wäre es, wenn du die Mails löschst. Aber immerhin, ich bin gespannt, wie lange du das durchhältst. Sobald er sich wieder meldet, bist du doch gleich wieder „on"." „Die Sache mit Arie war definitiv nicht so destruktiv und selbstzerstörerisch wie ein Zitat aus einem Songtext von Leonard

Cohen, das er mir geschickt hatte, aber ähnlich geheimnisvoll." „Was hat er denn geschrieben?" „Alles in Englisch natürlich, und du weißt ja, dass Cohen immer so verschwurbelte lyrische Texte schrieb. Ganz so parat hab' ich es jetzt nicht, aber es war so was Ähnliches wie, dass er Blumen, die er einst für sie gesammelt hat, und damit meint er sicher seine Frau, alle wieder zurückbringt, um sie für immer für mich wachsen zu lassen. Oder dass er früher viel Sex hatte, aber sein Körper inzwischen zum Museum geworden ist, weil er keinen mehr hat usw. Also kurz gesagt, er hat Bock auf mich. Ich wusste nicht, dass mich das anzieht." „Ja, ziemlich eindrucksvoll", bemerkt Anke trocken.

„Shit. Er hat eben wieder geschrieben. Das ist nicht gut. Ich war sicher, dass er sich diesmal nicht mehr meldet. Schon wieder reingefallen. Er braucht offensichtlich die Aufmerksamkeit. Bitte halt mich zurück. Es kann nicht angehen, dass er ständig über Nähe und Distanz bestimmt. Meine einzige Chance, da auch mal mitzureden, ist tatsächlich: totale Kontaktsperre. Ich weiß nicht, ob ich es schaffe. Ja, ich werde jedes Mal ein bisschen besser - aber reite mich danach auch jedes Mal tiefer rein."

„Er hat mich gelöscht!!! Ich finde das irgendwie anmaßend von ihm. Ich leide so. Ich habe so gelitten. Ich war auch schon wieder auf Parship und gehe andauernd aus. Ich brauche Abwechslung und Leute um mich. Aber jetzt ist es vorbei. Endlich und endgültig. Es geht mir langsam wieder besser." Anke zweifelt an den Worten ihrer Freundin. Es war die ganze Zeit ein Hin und Her. Warum sollte sich so plötzlich, ohne ersichtlichen Grund, etwas geändert haben?

„Nach drei Wochen hat er sich wieder gemeldet. Was soll das? Ich habe solche Sehnsucht nach ihm." „Das ist keine Sehnsucht nach ihm. Er ist nur Stellvertreter für etwas, für jemanden. Stell ihn dir vor, wie eine Attrappe. Vielleicht wie eine Vogelscheuche? Er ist rücksichtslos und pflegt nur seine Eitelkeit. Er sitzt im sicheren Nest, mit Frau und Familie und spielt ein bisschen mit dir, zu seinem Vergnügen, weil sein Leben langweilig geworden ist." Ja, Anke, du hast ja so recht."

„Ich weiß nicht ob ich es schaffe ihm nicht zu antworten. Was ist mit mir los? Einerseits ist mir das alles so klar. Andererseits fühle ich etwas anderes. Es ist, als sei ich gespalten. Eine gespaltene Persönlichkeit. Ist das die Midlife-Crisis? Ich glaube, ich werde hinfahren. Nicht sofort, aber bald. In dieses Land, in diese Stadt. Und ich werde zu ihm gehen." „Was erwartest du denn?" „Ich weiß es nicht. Wahrscheinlich ist es dann vorbei und ich muss das so erfahren."

„Ich habe gebucht. In drei Wochen fahre ich für eine Woche nach Israel. Punkt. Er weiß Bescheid. Er hat mir geschrieben, dass er vermutlich an zwei Tagen Zeit für mich hat." „Das ist ja man nicht viel. Du solltest auf alles gefasst sein", warnt Anke. „Ich rechne mit allem und sogar mit dem Schlimmsten!" „Was wäre denn das Schlimmste?" Tina denkt nach und antwortet: „Das wir gar nicht zusammen passen. Dass ich nur in eine Fantasiefigur verliebt bin und dass er mit den Füßen zuckt." „Oder dass er gar nicht kommt. Oder dass er nur kurz einen Kaffee mit dir trinkt und dringend wieder weg muss - leider. Oder dass du merkst, dass er ganz anders ist, als du dachtest."

# Perspektivwechsel 1

„Hei Arie, was geht? Lange nicht gesehen."

Arie schweigt.

„Du machst ein Gesicht wie sieben Tage Regenwetter. Wie war Deutschland? Und deine Arbeit dort?"

Arie druckst rum.

„Was ist passiert, man?"

„Du musst mir versprechen zu schweigen. Hoch und heilig! Du darfst niemandem etwas davon sagen, was ich dir jetzt erzählen werde."

„Eine Kuh hat eine lange Zunge und muss schweigen. Du machst es spannend, Arie. Ich schwöre. Erzähl."

„Ich habe jemanden kennengelernt."

„Ah! Arie, eine Frau?"

„Ja, aber pst! Nicht so laut, wenn uns jemand hört. Sie saß auf dem Rückflug neben mir."

„Ist sie Deutsche?"

„Ja, sie ist eine Deutsche."

„Hört sich kompliziert an. Ist sie noch hier?"

„Nein, sie ist bereits zurück. Sie war hier, um eine Freundin zu besuchen. Auslandsaustausch oder so etwas. Ich weiß nicht genau. Wir haben uns gut unterhalten, soweit es ging, auf Englisch. Du weißt, mein privates Englisch ist nicht so gut. Ich habe sie am Flughafen in der Ankunftshalle aus den Augen verloren. Aber sie hatte mir ihre Karte gegeben."

„Hast du ihr Komplimente gemacht?"

„Ja, ich habe gleich geschrieben. Viele E-Mails. Als sie noch gar nicht zurück war."

„Ist sie schön?"

„Ja, sehr schön."

„Du hast dich verliebt, Arie, das sehe ich doch."

# Perspektivwechsel 2

„Hei Arie, was geht? Du druckst so rum."

„Ach, es wird schwierig. Meine Frau darf nichts mitbekommen."

„Ist es immer noch nicht vorbei mit dieser Deutschen?"

„Nein, wir schreiben uns. Aber E-Mails, fast täglich. Und manchmal skypen wir. Da ist es schwer alles an Rahel vorbei zu tun. Du weißt ja, dass ich auch manchmal zu Hause arbeite."

„Aber du wirst doch keine Dummheiten machen, Arie!"

„Sie will herkommen und ich kann sie jetzt nicht mehr davon abhalten. Sie hat schon gebucht."

„Ein Löwe fürchtet keine Fliege. Dann wünsche ich Dir viel Spaß, mein Lieber. Mach deine Sache gut."

„Ja, wenn nur Rahel nicht wäre. Sie hat etwas bemerkt, glaube ich. Ich weiß nicht, wie ich das in der Woche, in der die Deutsche kommt, hinbekommen soll."

„Ach Arie, dir wird schon was einfallen. Mit Honig fängt man mehr Fliegen als mit Essig."

„Sie ist die erste nicht-jüdische und dann auch noch deutsche Frau in meinem Leben."

„Das stimmt doch gar nicht Arie. Was ist mit der einen, aus der Bar? Hanna?"

„Das habe ich ihr aber geschrieben. Und sie glaubt, dass sie dadurch etwas repräsentiert, etwas Besonderes für mich in meinem Leben."

„Arie, Arie, du Herzensbrecher! Du kannst es nicht lassen, was?"

# Unterwegs

Ihr ist mulmig. Gleich landet die Maschine und sie weiß nicht sicher, ob er sie vom Flughafen abholen wird. Sie hat sich extra hübsch gemacht, hat lange überlegt, was sie anziehen soll und sich für das rote Kleid entschieden. „Ob ich ihn überhaupt erkenne? Ob er mich überhaupt erkennen wird?"

Sie beschließt, erst mal zu ihrer Unterkunft zu fahren, wenn er nicht da sein sollte. Er muss da sein! Was sollten sonst die Versprechungen, Träumereien und Forderungen und die nächtlichen Skype-Sitzungen?

Sie nimmt ihren Koffer in Empfang und geht unsicher in den Ankunftsbereich. „Dahinten, das muss er sein. Oh, er ist kleiner, als ich ihn in Erinnerung hatte. Aber okay", Tina erschrickt ein bisschen. Er begrüßt sie, fast förmlich, schüttelt ihr die Hand und gibt links und rechts ein angedeutetes Küsschen. In seinem eigenwilligen Englisch sagt er ihr, dass er nicht viel Zeit hat, dass er gleich wieder los muss. Er will sie zu ihrer Unterkunft fahren und mit ihr Essen gehen. „Okay, ich mache alles mit", denkt sie.

Er ist sehr nervös. „So habe ich ihn gar nicht in Erinnerung. Als Lebenspartner wäre er mir zu nervös. Aber das will ich ja auch gar nicht. Was will ich denn eigentlich? Mit ihm ins Bett. Ja. Und sonst? Ich weiß nicht. Reden. Ich will mich nicht so wertlos fühlen."

Er muss jetzt wieder los. Nach einer dreiviertel Stunde schon! „Wir haben noch gar nicht richtig geredet!" Empörung steigt in ihr auf. „Aber wir wollen wegen morgen telefonieren." Im Hotel auf ihrem Zimmer muss sie erst mal heulen. Irgendwie hat sie sich das anders vorgestellt. Sie packt ihre Sachen aus und langsam lässt die Anspannung nach. „Aber ich habe ja noch sieben Tage. Sieben Tage, an denen wir uns sehen können," denkt sie. „Ich warte jetzt aber nicht die ganze Zeit hier am Telefon, wo ich W-Lan habe. Er hat nicht gesagt, wann er anrufen wird. Ich dusche jetzt erst mal und dann schaue ich, was ich machen kann. Die Stadt ist groß und hat viel zu bieten. Tel Aviv! Ich werde mich umsehen."

Dann sitzt sie auf der Dachterrasse des Hotels, ihr Blick schweift über die weiße Stadt. Eine kleine Frau in Rot. Der hellblaue Himmel blendet. Von hier aus kann sie das Meer sehen.

„Mist! Er hat ausgerechnet, als ich unter der Dusche war, angerufen. Ich kann das Telefon doch nicht mit ins Wasser nehmen! Ich rufe nicht zurück. Er soll sich melden. Er hat gesagt, er ruft an. Also … ! Wer bin ich denn, dass ich ihm hinterher laufe? Nein, er hat gesagt, dass er mich anrufen wird, dann muss er das so lange tun, bis er mich erreicht." Bockig und den Tränen nahe schaut sie über die Häuser. „Ich habe noch nie alleine Urlaub gemacht," denkt sie. „Was mach ich nur allein in so einer großen Stadt?"

Sie setzt ihre Sonnenbrille auf. Der Wind weht seicht und angenehm warm. „Hier ist es wie im Paradies. Er lebt im Paradies." Sie starrt auf ihr Handy, scrollt rauf und runter. W-Lan-Empfang? Ja.

„Er hat noch nicht wieder angerufen. Wenn ich jemanden nicht erreiche, versuche ich es später noch mal. Warum tut er das nicht?

Seine Unverbindlichkeit hat mich von Anfang an gestört." Sie nimmt ihre Tasche und geht los, um die Stadt ein wenig zu erkunden.

Die Stadt ist lebhaft, wild und warm. Es ist dunkel geworden. Sie hat eine Flasche Wein gekauft und sitzt jetzt in ihrem Zimmer. „Soll ich sie alleine trinken?", fragt sie sich. „Ich weiß gar nicht, wo ich abends alleine hingehen kann, hier in dieser Stadt mit ihrem berühmten Nachtleben." Für den nächsten Tag am Nachmittag hat sie sich eine Führung durch die Altstadt ausgesucht.

Er hat sich immer noch nicht gemeldet. Sie ist traurig und wütend gleichzeitig. Anke sieht ihre Freundin, leicht verwackelt auf dem Bildschirm. Sie skypen. Die Verbindung ist schlecht, wird immer wieder unterbrochen.

„Geht man so mit einem weit angereisten Gast um? Okay, er hat mir geschrieben, dass er nur an zwei Tagen Zeit für mich haben wird. Der eine Tag war gestern und wir hatten eine dreiviertel Stunde. Okay, ich habe entschieden, hierher zu kommen. Ich habe ihm gesagt, dass wir etwas klären müssen. Er hat

nie gesagt, dass ich kommen soll. Er hat nur gesagt, dass er sich nicht scheiden lassen wird. Das habe ich auch nie gewollt. Ich weiß nicht, was ich will. Ich finde ihn irgendwie anziehend. Und er bedient meine Sehnsucht. Warum tut er das? Ich verstehe das alles nicht."
„Pass auf dich auf", sagt Anke.

Auf dem Rückflug denkt Tina an das zweite Treffen. Es waren wieder nur 90 Minuten. Sie hat auf die Uhr geschaut. Mehr Zeit hatte er nicht für sie übrig. Aber diese 90 Minuten waren so schön! Ein Schauer läuft durch ihren Körper.

Trotzdem, ein Traummann ist er nicht. „Ich werde das nicht weiter verfolgen", entschließt sie sich, doch als sie zu Hause ist, liegt schon eine Nachricht in ihrem Postfach. Er erkundigt sich, ob sie gut angekommen ist. „Das ist ja wohl das Mindeste", denkt sie. Und sie kann nicht widerstehen und schreibt zurück ...

# Wieder daheim

Pling. Anke nimmt ihr Handy und sieht, dass eine Whats-App-Nachricht für sie angekommen ist. Tina hat geschrieben: „Bist Du da?" „Ja." „Wollen wir telefonieren?" Kurz darauf klingelt das Telefon. „Hu, hu, schnief, entschuldige, ich bin so aufgelöst. Es ist so anstrengend." „Was ist los? Schreibt ihr euch wieder? Ich dachte, es ist vorbei." „Ja, wir schreiben uns und nein, es ist nicht vorbei. Kann ich vorbei kommen?"

Etwas später sitzen die beiden Freundinnen auf der Terrasse. Tina zeigt ihr drei Videos, die er ihr geschickt hat. „So sieht er aus, du wusstest es doch noch nicht." Auf den Videos sitzt er vor der Kamera seines Smartphones und brabbelt etwas in englischer Sprache. „Das sind Gutenmorgengrüße, die hat er mir geschickt. Ist das nicht lieb?" Anke verdreht die Augen. Während er spricht, schaut Anke genau zu. Er ist sehr machohaft, so, wie er sich bewegt, obwohl er sich vor der Kamera kaum bewegt. „Seine Gesichtszüge sind irgendwie

… unehrlich", findet Anke. „Außerdem hat er dunkle Haarbüschel auf den Unterarmen." „Ürg, wie animalisch", denkt sie aber lieber nur. „Ich wusste gar nicht, dass Du auf solche Männer stehst. Dein Ex war doch ein ganz anderer Typ. Und wo guckt er eigentlich immer hin? Auf allen drei Videos guckt er unten links oder unten rechts in die Ecke. Nie in die Kamera direkt." „Weiß auch nicht. Vielleicht leuchten da kleine Lämpchen auf seinem Handy." „Nee, er schaut dich nicht an. So doof kann er doch nicht sein, dass er nicht weiß, wo man hingucken muss, wenn man eine Videobotschaft schickt. Und das dreimal!" Der Freundin ist klar, dass er ein Spieler ist. Tina ist offenbar immer noch gefangen von ihm.

„Ich empfehle dir eine Auszeit. Vereinbare meinetwegen eine Auszeit mit ihm. Vier Wochen Kontaktsperre. Oder besser noch acht Wochen oder mehr. Danach nehmt ihr wieder Kontakt auf und du guckst mal, was noch übrig ist an Gefühlen."

Am nächsten Tag ruft Tina wieder an. Sie ist völlig verheult. „Er hat Schluss gemacht," sprudelt es aus ihr raus. „Ich bin sooo unglücklich." „Gut so," antwortet Anke, „ich meine, dass jetzt Schluss ist." „Er hat sich sogar entschuldigt, dass er das überhaupt angefangen hat. Huhuuuuu, huuuuuu, schluchz, schluchz." „Aber dann ist doch jetzt alles in Ordnung. Du brauchst jetzt Zeit und Ablenkung, um darüber hinweg zu kommen. Das wird schon." „Aber es tut soooo weh." „Das geht wieder weg."

Zwei Tage später. „Er hat sich wieder gemeldet. Er hält es nicht aus." „Anscheinend macht es ihm Spaß, Dich zu manipulieren und dich damit zu quälen. Wie nennt man solche Charaktere?"

Tina macht mit ihm eine Kontaktsperre aus. Die Kontaktsperre wird nach zwei Wochen von ihm gebrochen. Tina gefällt das gar nicht. Sie besteht immer darauf, dass Abmachungen eingehalten werden. „Dislike für ihn", sagt sie zu Anke.

Doch dann ist auf einmal Ruhe. Er meldet sich nicht mehr. Tina guckt täglich in ihr Postfach, fast hoffend, dass doch wieder eine Nachricht gekommen ist. Aber nein, er meldet sich nicht. „Gut so", denkt sie. „Es ist vorbei, ich erhole mich. Es geht mir langsam besser."

# Es ist diese Sehnsucht

Eigentlich sollte ich glücklich sein. Nach langem Suchen über Tinder, Fenja, Parship und wie sie alle heißen, diese neuen Partnerportale, und nach so manchen durchgemachten Nächten, in denen mir die Füße wehtaten, hatte ich plötzlich drei Männer zur Auswahl. Sozusagen.

Der eine war so eine Art „Althippie", mit Ohrring und immer in Bluejeans. Er hieß Klaus und war gut situiert, Eigentumswohnung und so. Und er hatte einen stylishen Campingbus, so einen Califonia, fast nagelneu, damit sind wir ein paarmal unterwegs gewesen. Wir waren an der Küste und am Strand und er kannte Leute, die in Häusern wohnen, wo früher Bauern lebten, so Resthöfe eben, aber schick ausgebaut. Wir besuchten dort WG's, die die Zeit überstanden oder sich neu gegründet hatten und wo so wie früher gefeiert wurde, mit Klampfe im Garten und ganz unkonventionell. Am Anfang dachte ich, dass er uns beide genau so sehen würde wie ich uns sah. Nämlich als Kumpel, die sich gut verstanden und zusammen unterwegs waren, bei mehr oder weniger interessanten Leuten einkehrten und dann mal sehen, was da so kommt. Er war sehr unaufdringlich. Vielleicht war er aber auch nur zu schüchtern oder die Kumpeltour war eine Masche, mit der er sich so langsam aber sicher an das andere Geschlecht heranzuschleichen versuchte. Vielleicht hat er das aber auch nur bei mir gemacht. Ich weiß es nicht und werde es auch nicht erfahren, denn er meldet sich nicht mehr. Er hat sich nicht mehr gemeldet, nachdem er mitbekam, dass ich mich für jemand anderen interessierte. Schade eigentlich. Er war ein netter Kerl und ich hätte ihn gerne als echten Freund gewonnen. Aber vielleicht hätte ich genau so gehandelt, wenn ich andere Ambitionen gehabt hätte. Bestimmt.

Der Zweite war, ach, so schööön. Zu schön, sagte meine Freundin, nachdem sie seine Facebook-Seite gestalkt hatte. Er war Künstler, Maler, dagegen hatte ich nichts einzuwenden. Mein Ex war ja auch Künstler, nebenberuflich. Und ich war mal Musikerin, vor und während meines Jurastudiums. Kunst finde ich immer klasse. Er, Benjamin, hatte drei erwachsene Kinder. Er war sehr nett, aber auch sehr verschlossen. Ich habe fast nichts über ihn erfahren. Er sagte mir nur, dass er viel zu tun hätte, wegen einer bevorstehenden Ausstellung. Ob ich auch kommen würde. Klar bin ich hin. Aber er hatte gar keine Zeit für mich, begrüßte mich nur kurz und war dann ständig in Gesprächen mit irgendwelchen Leuten. Kaufinteressenten vermute ich. Es war kein Herankommen an ihn möglich. Schade. Er hat sich dann nicht mehr gemeldet. Ich mich auch nicht. Es wäre wohl auch zu schön gewesen.

Der Dritte im Bunde war Karsten, und ich hatte auch schon gar keine Lust mehr, mich ständig mit fremden Männern zu verabreden, das ist nämlich ganz schön anstrengend, vor allem in meinem Alter und wenn man voll berufstätig ist usw., also der Dritte gefiel mir auch. Aber nicht so hundertprozentig. Er war sehr bemüht um mich, ließ mir alle Freiheiten (das wäre ja auch noch schöner, sagte meine Freundin) und umgarnte mich. Er war sehr realistisch. Er sagte, er hätte jetzt nicht mehr so viel Zeit. Damit meinte er Lebenszeit, und dass er deshalb Klartext redet. Er würde eine Frau suchen, mit der er alt werden kann. Das hat mich schon beeindruckt. Irgendwie geht es mir ja auch so. Ich suche natürlich einen Mann. Karsten versuchte, mit allen Mitteln Eindruck auf mich zu machen, am Anfang mit Geld. Davon hat er anscheinend ziemlich viel, geerbt, wie er andeutete, und er führte mich aus zum Shoppen und in teure Restaurants. Das ist ja so gar nicht meine Welt, in diesen hochpreisigen Boutiquen. Ich gehe sonst fast nur zu Hasi & Mausi und auf Flohmärkte oder bestelle übers Internet. Und wenn er das nicht schon vorher geahnt hatte, hat er es spätestens dann gemerkt. Er räumte dann ein Zimmer in seinem Haus leer, nur für mich. Ich durfte das Haus zusätzlich einrichten, wie ich wollte und auch den Garten gestalten. Ich bin ja hand-werklich begabt und sehr praktisch veranlagt und kochen kann ich auch. Er lud mich auf Reisen ein. Ich habe nicht alle Einladungen angenommen. Ich mag ihn auch. Ja, ich mag ihn auch. Er hat sich zu mir bekannt. Ich mich zu ihm nicht. Noch nicht, vielleicht. Ich weiß nicht so recht. Ich bin nicht sicher. Er ist nett zu mir, angenehm, unsere Persönlichkeitsstrukturen passen schon irgendwie zusammen, und trotzdem. Verliebt sein ist anders, sagt meine Freundin. Sie hat recht. Vielleicht ist es das Verliebtsein, das ich suche, diese innere Aufgeregtheit.

Und dann hatte ich plötzlich eine E-Mail im Postfach. Eine E-Mail von meinem Israel-Lover, von dem, der mich entkoppelt und alle Adressen gelöscht hatte! Mein Herz stand einen kleinen Moment lang still. Damit hatte ich nicht gerechnet. Zum Jahrestag, wie er schrieb, schicke er mir Grüße. Jahrestag! Das war der Tag, an dem wir uns kennengelernt hatten, damals im Flugzeug, als ich auf dem Weg nach Tel Aviv war. Und vor einem halben Jahr hatte er unsere Verbindung gekappt. Ich glaube, es war in dem Moment, als ihm klar wurde, dass ich einen Partner suche und mich mit Männern treffe. Da war er eifersüchtig! Dabei ist er doch verheiratet und er musste heimlich schreiben und skypen. Eigentlich hätte ich mehr Grund gehabt, alle Verbindungsdaten zu löschen. Verletzter Stolz, hatte meine Freundin gesagt. Männer halt.

Ich wusste nicht, was ich von der neuen Kontaktaufnahme halten sollte, und tat erst mal nichts, ein paar Tage lang. In mir rumorte es. Sollte ich antworten? Dann erreichte mich eine zweite E-Mail von ihm und ich antwortete. Seitdem schreiben wir uns wieder und es ist genau wie damals. Ich fühle Schmetterlinge im Bauch. Bin ich verliebt? Nein, eigentlich nicht. Aber ich bin auch nicht entliebt. Ich weiß nicht, warum ich das mache. Es ist wie eine Art Sucht. Ich weiß ja, dass aus uns nichts werden kann, und trotzdem schreiben wir uns. Es ist das gleiche Spiel wie damals.

Aber ich habe ein schlechtes Gewissen Karsten gegenüber. Er merkt natürlich, dass etwas nicht stimmt. Er hat ein zweites Mal bekräftigt, dass er zu mir steht, obwohl ich mich noch nicht zu ihm bekannt habe.

Was ist das? Warum tue ich das? Wonach sehne ich mich? Was bekomme ich nicht von Karsten, was Arie mir gibt? Fragen über Fragen, die mir auch meine Freundin stellt.

Die Situation ist jetzt etwas verändert. Inzwischen müssen wir beide, Arie und ich, Zeit finden, um uns unbemerkt zu schreiben und zu skypen! Als ich Karsten noch nicht kannte, war ich ja frei. Sozusagen. Zeitlich war ich nur durch meine Arbeit eingeschränkt. Aber sonst konnte ich schreiben und skypen, so viel ich wollte. Da war er derjenige, der das heimlich tun musste in seiner Freizeit, in der seine Familie um ihn herum war und vor allem seine Frau, die ja irgendwann den Braten roch. Frauen merken das. Männer auch. Karsten hat ja auch etwas mitbekommen.

Das Skypen ist schwierig, jetzt für uns beide. Die wenige Freizeit, die ich habe, bin ich meistens bei Karsten. Und auf der Fahrt von meiner Arbeitsstelle zu ihm nach Hause kann ich nicht skypen. Erstens ist der WLan-Empfang in öffentlichen Verkehrsmitteln zu instabil und zweitens muss ja niemand mitbekommen, mit wem ich rede. Und ihm geht es genauso. Also ist das Zeitfenster sehr klein, in dem es klappen könnte.

Vielleicht macht das die Sache so spannend, sagt meine Freundin. Es hat ja etwas von

Heimlichtuerei und ist mit einem gewissen Nervenkitzel verbunden. Da hat sie mal wieder recht. Meine Freundin sagt, wenn ich in Karsten so richtig doll verliebt wäre, dann wäre mir der andere egal. Wenn man verliebt ist, dann will man ja nur mit dem Einen alles teilen und alles zusammen machen. Idealerweise sind dann beide ineinander verliebt. Das kommt aber nicht so häufig vor. Häufiger ist es, dass der eine verliebt ist und der andere nicht. Und so bleibt immer etwas auf der Strecke.

# Mein Herz

Als mein Herz gebrochen war
Versuchte ich, ganz sonderbar
Ein Nebenleben
Eines ohne Herz eben

Denn der Herzschmerz war so schwer
Dass es einfach besser wär
Wenn es aufhörte zu schlagen
Statt mit jedem Schlag zu sagen
Du bist ganz, ganz tief getroffen
Dir bleibt jetzt nur noch hoffen

Ich mag mein Herz, hab es gesehn
Es ist ganz rund und wunderschön
Es stahlte Liebe aus und Stärke
Es dauerte, bis ich dann merkte

Es hat viel Kraft, mit der es schlägt

Sonst hätte ich nicht überlebt

# Marion und der Nacktputzer

Alles begann mit diesem Geschenk ihrer Kollegen. Sie wussten, dass sie ungebunden und einsam war, und einige machten sich darüber lustig. Gut hatten sie es jedenfalls nicht gemeint, als sie ihr diesen Gutschein zu ihrem 38. Geburtstag schenkten. Sie hatten ihr alle freundlich zugelächelt, als sie ihn auf ihrem Schreibtisch fand. Das Lächeln war nicht ehrlich, das merkte sie.

"Gutschein für ein Treffen" stand vorne drauf, innen ging es weiter "mit einem unserer Jungs". Im etwas kleiner Gedruckten las sie etwas über Begleiter, Wünsche, Nacktputzer. Langsam fiel bei ihr der Groschen, um was es sich dabei handelte. Sie fühlte sich benommen, war geschockt, echauffiert, beleidigt - und dann alles gleichzeitig. Hitze stieg in ihr auf und sie spürte Röte im Gesicht. Sie versuchte sich nichts anmerken zulassen, auch wenn sie die neugierigen Blicke einiger Kollegen bemerkte. Sie steckte den Gutschein in ihre Tasche.

Zu Hause, als ihr innerer Aufruhr sich gelegt hatte und sie wieder etwas klarer denken konnte, holte sie den Gutschein heraus und betrachtete ihn. Sie las noch einmal, wofür er war und legte ihn dann beiseite. Sie buk einen Kuchen und nachts wälzte sie sich im Schlaf. Am nächsten Tag bedankte sie sich artig bei ihren Kollegen, indem sie den Kuchen für die Allgemeinheit auf den Tisch stellte.

Einige Wochen später, sie hatte das dubiose Geschenk schon fast vergessen, fiel der Gutschein beim Staubwischen vom Regal. Sie starrte ihn an und hob ihn auf. Eine Weile schaute sie gedankenverloren in den Raum und dachte dann: "Warum eigentlich nicht? Bezahlt ist es ja schon." Sie suchte nach der Gültigkeitsdauer.

Ein paar Tage später, an einem Freitagnachmittag, sie hatte freitags immer etwas früher Feierabend, rief sie zum ersten Mal in ihrem Leben bei so einer Agentur an. Man behandelte sie freundlich neutral, fragte nach ihren Wünschen, wie in einem Reisebüro, um die Urlaubskategorie auszuwählen. Welches Alter sie wünsche, welche Größe, Vorlieben für Haarfarben, sportlich oder eher gemütlich, womit wohl korpulent gemeint war, alle Book-boys hätten ein Gesundheitszeugnis, floss noch als Zusatzinformation nebenbei ein und dann wurde ein Termin ausgemacht. Alles ging so leicht von der Hand, als hätte sie in einem Versandhaus telefonisch einen Pullover bestellt. Man wünschte ihr viel Vergnügen und wies darauf hin, dass es auf der Website der Agentur eine Feedbackseite gäbe, anonym selbstverständlich, zur Qualitätskontrolle.

Als er dann bei ihr war, verhielt sie sich sehr zurückhaltend. Sie fühlte sich etwas unsicher und wollte nicht, dass er sich auszog. Nur die Schuhe und Strümpfe gestand sie ihm zu. Zu ungewohnt war ihr die Anwesenheit einer zweiten Person in ihrer Wohnung, und dann auch noch die eines Mannes. Obwohl sie sich genau das immer gewünscht hatte.

Barfuß stand er vor ihr, war freundlich und unaufdringlich. Dann nahm er sich alle Uten-silien, die sie ihm bereitgestellt hatte und die er brauchte, und begann, Staub von ihren Schränken und Tischen zu wischen. Er war jung und schlank und bewegte sich behände durch das Zimmer. Als er dort fertig war, zeigte sie ihm die anderen Zimmer, in denen er weiter machen sollte. Sie sah ihm die ganze Zeit zu. Er hatte schöne Füße.

Nach einer Stunde packte er alles zusammen und verabschiedete sich brav. Er gab ihr eine Visitenkarte der Agentur mit seinem Namen. Für ein eventuelles Später, hatte er gehaucht, sie angelächelt und mit einer Art Hundeblick angeschaut. Adrian hieß er, das stand auf der Karte. Adrian.

Sie rang 4 Wochen lang mit sich, ob sie das Ganze wiederholen sollte. Einige bestimmte Kollegen machten zwischendurch Anspielungen, stichelten, wollten wissen, ob sie den Gutschein schon eingelöst hätte. Sie ging nicht darauf ein, sondern tat einfach ihre Arbeit.

An einem Freitagnachmittag nach 2 Gläsern Prosecco, gab sie sich einen Ruck und griff zum Telefon. Sie hatte nicht erwartet, dass alles so schnell gehen würde. Und auch nicht, dass es so teuer sein würde. Doch Adrian war am selben Abend wieder da, wischte brav barfuß Staub und nach einigen weiteren

Sektgläsern zu zweit folgten heiße Küsse und Umarmungen. Sie begann Gefallen an seinen Besuchen zu finden. Er brauchte nicht mehr putzen.

Die Monate gingen ins Land, besagte Kollegen hatten andere Betätigungsfelder gefunden, weil ihre Sticheleien bei ihr nicht fruchteten. Adrians Besuchszeiten hatten sich eingependelt, ihrem Geldbeutel entsprechend und Marion hatte sich verliebt. Sie wollte sich das nicht eingestehen, schließlich bezahlte sie dafür. Und doch hätte sie zu gerne gewusst, ob es ihm ähnlich ging wie ihr. Er war immer so nett, zuvorkommend, zärtlich, aber auch irgendwie neutral, nicht fassbar in seiner Zuneigung. Bald würde sie sich wagen, ihn zu fragen. Sie schob es immer wieder hinaus.

Eines Morgens wachte sie auf, der Wecker hatte schon geklingelt, doch sie bekam ihre Augen kaum auf. Ihr Kopf schmerzte und der Nacken war ganz steif. Sie quälte sich hoch, meldete sich krank und ging zum Arzt. Die Diagnose war niederschmetternd, denn die Heilung sei langwierig und die Krankheit ansteckend. Sie sollte jeglichen engeren Kontakt mit anderen Menschen vermeiden.

Monatelang war sie isoliert, konnte nicht zur Arbeit und im Sommer nicht zu ihrer Schwester ins Sauerland, musste sich Lebensmittel bestellen und vor die Wohnungstür legen lassen und, was am schlimmsten war, sie durfte Adrian nicht treffen.

In ihren Träumen wuchs er zu ihrem idealen Partner heran. Er war immer bei ihr, sie brauchte nichts dafür bezahlen, denn er liebte sie wirklich. Dass er sie nicht anrief, erklärte sie sich damit, dass er einfach nie auf ihren Namen an der Haustür geguckt hatte oder nur am Anfang und ihn wieder vergessen hatte, denn dann kannte er ja den Weg. Deshalb konnte er ihre Nummer auch nicht im Telefonbuch suchen. "Was er wohl glaubt, warum ich mich nicht mehr melde?", dachte sie oft und machte sich Sorgen.

Sie hatte große Sehnsucht nach ihm und wollte irgendwann wenigstens mit ihm sprechen. Die einzige Telefonnummer, die sie von ihm hatte, war die der Agentur.

Eines Tages, als es ihr etwas besser ging und sie es nicht mehr aushalten konnte, rief sie dort an. Doch dort sollte es ihn plötzlich nicht mehr geben! Das konnte doch gar nicht sein! Genauere Auskünfte könnte man ihr nicht geben, man bedankte sich für ihr Verständnis, welches sie nicht hatte und verwies auf Diskretion. Sie verstand die Welt nicht mehr und Verzweiflung stieg langsam in ihr auf.

Marion stand im Bad und betrachtete sich im Spiegel. Sie war dünner geworden. Sie wollte zwar immer schlank sein, so wie Heidi Klum, doch irgendwie erkannte sie sich selbst nicht mehr. Sie war mager. Ihre Kleidung hing an ihr herab wie lappige Säcke. Das Schlimmste war jedoch ihr Gesicht. Die Krankheit entstellte sie, und überflüssigerweise hatten sich Beulen an ihren Wangen und auf der Stirn gebildet. Augenringe, dunkel wie Gewitterwolken, hingen in ihr Gesicht. Die Haare hingen struppig und glanzlos herab. So konnte sie eigentlich niemandem unter die Augen treten. Doch bestimmt würde auch niemand sie erkennen. Da kam ihr eine Idee. Sie ging aus dem Haus, obwohl ihr die Ärzte geraten hatten, damit noch zu warten. Sie ging zu dem Gebäude, in dem die Agentur ansässig war. Die Adresse stand auf der Visitenkarte, die Adrian ihr einst gab.

Sie stellte sich etwas ins Abseits in die Nähe eines Baumes, aber so, dass sie den Eingang im Blick hatte. Sie war bereits eine Stunde, bevor die Agentur offiziell öffnete, da. Dort würde sie den ganzen Tag stehen bleiben, bis sie Adrian begegnete. Und am nächsten Tag würde sie wieder hier stehen und dann wieder und wieder, bis sie Adrian träfe. Proviant hatte sie dabei. Pragmatisch wie sie war, machte sie sich Gedanken, was wäre, wenn sie zur Toilette müsste. Sie beschloss, so wenig wie möglich zu trinken. Zum Glück war es Herbst und nicht mehr so warm, sodass der Durst im Zaum gehalten werden konnte.

Es begann zu nieseln, aber das machte ihr nichts aus, denn sie hatte eine Regenjacke an und setzte die Kapuze auf. Auch wenn sie sowieso von niemandem erkannt wurde, bot die Kapuze ihr noch einen zusätzlichen Schutz. Menschen gingen vorbei, hetzten zur Arbeit oder zum Bus. Niemand beachtete sie.

Einige junge Männer gingen in das Gebäude, aber auch Frauen und Kinder und ältere Leute. Autos fuhren die Straße entlang und an der Bushaltestelle bildeten sich regelmäßig Gruppen Wartender. Der Himmel wurde immer grauer, die Regentropfen dicker und ihre anfänglich leicht euphorische Stimmung verflog.

Sie wurde langsam mutlos und zweifelte an ihrem Entschluss. Vielleicht sollte sie doch lieber wieder nach Hause gehen und ihre Krankheit vollends auskurieren. So wie sie jetzt aussah, würde Adrian sie sowieso nicht erkennen. Und so wollte sie ihm eigentlich auch nicht unter die Augen treten. Lieber wollte sie schön sein, schlank, aufreizend, frisch geduscht und gut duftend, ordentlich frisiert und vor allem gesund und nicht entstellt. Aber sie wollte ihn so gerne wenigstens einmal wieder sehen, wenn sie schon nicht mit ihm sprechen konnte, auch wenn es nur von Weitem wäre.

Nach drei Stunden kamen zwei junge Männer zum Rauchen aus dem Gebäude und da Marion abseits stand, bemerkten sie sie nicht. Sie konnte sie jedoch gut hören und ihrer Unterhaltung folgen. Erst redeten sie über ein Fußballspiel, das wohl gestern im Fernsehen übertragen wurde. Dann über das Wetter, den Regen, der ihre Zigaretten fast aufweichte, sie hörte den einen leise fluchen. "Gehst du morgen hin?", fragte der eine. "Ja klar", war die Antwort. "Adrian war lange dabei und ich kannte ihn gut."

Adrian! Marion war wie elektrisiert. Hatte er Adrian gesagt? Sie schob die Kapuze trotz des stärker werdenden Regens etwas zurück, sodass ihre Ohren frei waren und sie besser lauschen konnte.

"So ein Pech. Dass es ausgerechnet ihn treffen musste. Er war noch jung." Der andere warf seinen Zigarettenstummel auf den Boden und trat kräftig drauf, um ihn auszutreten, obwohl dies wegen des inzwischen immer stärker werdenden Regens wirklich nicht nötig war. „Ja, Scheiße!", fluchte der andere und spuckte aus.

Was sie nun hörte, machte sie benommen, schockierte und echauffierte sie. Sie fühlte alles gleichzeitig und sich trotzdem wie betäubt. Adrians Beerdigung würde morgen um 11.00 Uhr in der Pauluskirche stattfinden.

Von diesem Moment an erinnerte sie sich nur noch in Fragmenten. Wie sie nach Hause kam, wusste sie nicht mehr. Erst als sie dort, war bemerkte sie das Fehlen der Provianttüte. Sie hatte sie stehen lassen. Beerdigung, das konnte doch nicht sein! Er war noch jung. Vielleicht gab es einen zweiten Adrian. Was sollte sie tun? So viele Gedanken jagten durch ihren Kopf, wie schon lange nicht mehr. Sie würde morgen hingehen, sich hinten in die letzte Reihe setzen und mit dem Strom der Trauergäste an dem Aufgebahrten vorbei gehen, um einen Blick auf ihn zu werfen. Um Gewissheit zu erlangen. Sicher handelte es sich um einen Irrtum. Ja, das würde sie tun. Eine andere Möglichkeit gab es nicht.

Schon aus der Ferne, als sie die Kirchenstufen emporstieg, sah sie den aufgebahrten, offenen Sarg, rundherum üppig mit Blumen verziert, wie in einem Blütenmeer schwimmend. Noch war nicht viel los, sie war mal wieder sehr früh dran. Eine Chance, die sie nutzen wollte, bevor der Gottesdienst begann. Zögerlich ging sie nach vorne, sah vorsichtig von links nach rechts. Beobachtete man sie? Nein, die wenigen Menschen, die hier schon saßen, hatten die Köpfe nach unten geneigt. Sie brauchte gar nicht bis zum Sarg vor zu gehen. Sie erkannte Adrian schon viel eher. Ihre insgeheime Befürchtung wurde zur Gewissheit. Adrian. Blass und verletzlich lag er da. Sie konnte es kaum glauben. Innerlich sträubte sie sich gegen diese Erkenntnis.

Marion fühlte sich wie in einer Blase. Dann erkannte sie in seinem Gesicht auf der Stirn und an den Wangen Stellen, die ihr bekannt vorkamen. Konnte es sein? Hatte er dieselbe Krankheit gehabt wie sie? Hatte sie ihn womöglich angesteckt und seinen Tod mit verursacht? Ihr wurde schwindelig und ihre Benommenheit wich einer Art Betäubung. Sie taumelte leicht und drehte um. Kurz vor dem Ausgang setzte sie sich in die letzte Reihe und senkte den Kopf. Eine Träne rann, wie eine Hürde nehmend, über eine Beule ihre Wange hinunter. „Aber der Arzt hatte doch gesagt, es sei nicht lebensbedrohlich, nur langwierig."

Sie würde ihn fragen müssen. Sie würde sonst nicht zur Ruhe kommen.

Die kirchliche Trauerfeier erlebte sie wie im Nebel. Als die Massen aufstanden, um sich nach vorne zu begeben, ließ sie sich treiben und mit ziehen. Die Leute verließen die Kirche durch einen vorderen Ausgang, der angrenzende Weg führte direkt zum Friedhof. Marion sonderte sich unbemerkt ab und fuhr nach Hause.

Wochen später öffnete sie das Fenster ihres Wohnzimmers und ließ die frische Sommerluft ins Büro strömen. Sie hatte sich verändert, nicht nur äußerlich. Sie war schlank und hatte sich neu eingekleidet. Sie hatte eine neue Frisur. Sie war nachdenklicher geworden, hatte sich aber auch mit ihrem jetzigen Schicksal abgefunden. Adrian gab es nicht mehr. Seitdem zwei Kollegen gekündigt hatten, verbesserte sich die Luft wieder, in den Räumen ebenso wie untereinander. Niemand beklagte sich mehr darüber, dass es ziehen würde, sobald ein Fenster auf „Kipp" stand. Niemand mehr machte verletzende Bemerkungen.

"Haben Sie heute Nachmittag etwas vor?", fragte ein neuer Kollege und blickte sie freundlich an. "Ja, ich muss auf den Friedhof," antwortete sie knapp während sie einige Papiere auf ihrem Schreibtisch hin und her schob. "Das trifft sich gut. Ich muss auch dort hin. Vielleicht können wir zusammen gehen?" Sie schaute unsicher hoch, doch als sie ihn ohne Argwohn lächeln sah, nickte sie und willigte sie ein.

Der Friedhof war groß und grün, eher ein Park, in dem man wunderbar mitten in der Stadt spazieren gehen konnte. Sie gingen nebeneinander her und unterhielten sich, über die Firma, die Arbeit, das Wetter, die Natur und die Welt. Vor einem relativ frisch angelegten Grab blieb sie stehen und legte den mitgebrachten Blumenstrauß ab. "Kannten Sie den Verstorbenen gut?", fragte ihr Kollege. "Ein entfernter Neffe,", antwortete sie ausweichend und ging langsam weiter. Er folgte ihr auf dem Fuß und sie nahmen ihr Gespräch wieder auf. Kurze Zeit später hielt er vor einem Grab an. "Eine Verwandte?" fragte sie zögerlich. "Ja, meine Frau", antwortete er. "Sie starb letztes Jahr ganz unerwartet an einer seltenen Krankheit."

Sie gingen weiter den frühlingshaften Weg entlang, die zarten, hellgrünen Blätter der Bäume leuchteten im Sonnenschein. Sie sprachen miteinander und kamen vom Hundertsten ins Tausendste, streiften alle möglichen Themen und entdeckten gemeinsame Vorlieben.

# Immer wieder allein

„Zwei Jahre hat dieses Martyrium gedauert", sagt er, „zwei chaotische Jahre. Und jetzt bin ich seit vier Monaten wieder solo", und er blickt dabei auf den Bildschirm seines Laptops, der vor ihm auf dem Wohnzimmertisch steht. Hans schiebt die Maus hin und her. Er sucht auf YouTube einen Musikfilm mit einer längst verstorbenen Sängerin aus der ehemaligen DDR. „Alleine kriege ich nichts hin. Ich habe nichts mehr. Ich muss alles neu kaufen. Sie hat alles mitgenommen. Meine Firma existiert noch - auf dem Papier. Aber ich müsste ganz neu anfangen." „Wieso machst du nicht „Parship" oder „Tinder" wisch und weg oder „Fenja" oder wie sie alle heißen?", frage ich. „Einige Freunde und Bekannte von mir waren damit erfolgreich und haben neue Partner gefunden." Hans stützt seine Ellenbogen auf den Tisch, legt seine Hände an die Stirn und schüttelt dabei den Kopf. Dann schaut er auf und mich freundlich an und fragt: „Und was soll ich da rein schreiben? Ich bin alt, krank und mittellos. Wer interessiert sich denn dafür? Ich bin fast siebzig, habe Krebs, bei mir läuft im Bett nichts mehr, ich bin zu dick und lebe von Grundsicherung. Würdest Du mich daten?" Wir schweigen und ich denke nach. So habe ich ihn noch nie gesehen. „Wenn man bei einem Menschen diese Attribute in den Vordergrund stellt, kann das natürlich schwierig werden, da hat er recht", denke ich und sage: „Tja, da hast du recht, das macht sich nicht gut in einer Kontaktanzeige." Ich überlege, ob man so eine Anzeige nicht ganz anders formulieren sollte und solche Dinge wie genaues Alter, Gesundheitszustand und Vermögensverhältnis nicht lieber in den Hintergrund stellt oder gar nicht benennt. Lieber nur die guten Eigenschaften und Interessen herausstellen und dann mal schauen, ob sich jemand meldet. Die anderen haben ja auch ihre Päckchen zu tragen und man muss ja nicht gleich mit der Tür ins Haus fallen.

„Nee, so läuft das bei mir nicht. Die Frauen haben immer mich gefunden.","Wie hast du denn deine Ex kennengelernt?" Ich habe das Gefühl, dass er reden möchte. Am Telefon sagte er schon, dass viel geschehen ist und es viel zu erzählen gäbe. „Sie kam eines Tages zu mir auf den Platz, wo ich meine Anhänger verkaufte, und fragte, ob ich an ihrem Hänger etwas reparieren könnte. Das war der erste Kontakt. Dann hat sie mich auf einen Kaffee eingeladen. Damals kam sie mir schon irgendwie komisch vor." „Und weiter?"„Irgendwann war sie dann bei mir in der Wohnung." „Wie? Sie war bei dir in der Wohnung!?" „Na, da ist vorher schon ein bisschen was hin und her gegangen. Aber ich hätte gleich am Anfang Schluss machen sollen. Einmal hat sie gekocht und alles schön gemacht auf dem Balkon, mit Kerzen und so. Es war ein warmer Sommertag und ich bin ungefähr eine dreiviertel Stunde später nach Hause gekommen. Da war sie nicht mehr da. Sie war einfach weg. Das Essen war fertig und alles war an: Musik, Licht, Kerzen." „Aha, wo war sie denn?" „Na bei irgendwelchen Polen, die sie kennt. Ich habe dauernd versucht, sie anzurufen. Erst ging sie nicht ran. Dann hat sie immer gleich wieder aufgelegt. Dann hat sie irgendwas von "auf die Kinder aufpassen" erzählt. Ich weiß auch

nicht, was los war." „Na ist doch klar", antworte ich, „sie wollte dich für dein Zuspät-
kommen bestrafen." „So was macht man doch
nicht. Man haut doch nicht einfach ab. Man
ruft doch mal an und fragt, warum der andere
sich verspätet. - Und das war erst der Anfang.
Du glaubst gar nicht, was hier in den letzten
zwei Jahren los war. Jedenfalls kam sie erst ein
paar Tage später wieder. Da hätte ich gleich
reagieren müssen. Hätte sie gleich rauschmeis-
sen müssen." „Und warum hast du das nicht
gemacht?" „Tja, warum habe ich das nicht
gemacht. Ich weiß es doch auch nicht. Sie war
auf der anderen Seite auch wieder sehr angenehm. Ich habe erst später erfahren, dass sie
Medikamente braucht. Wahrscheinlich hat sie
Depressionen und was weiß ich nicht alles,
aber wenn sie Tabletten genommen hatte, war
sie ein anderer Mensch."

Ich stehe auf und setze Wasser für Tee auf.
„Möchtest du auch einen Tee?", frage ich
Hans. „Wieder so einen Biotee? Ja, der eine da
war ganz gut. So einen nehm' ich noch mal."
Ich warte in der Küche darauf, dass das Was-
ser kocht und schaue aus dem Fenster. Es reg-

net. Hans sucht immer noch auf YouTube nach der toten Sängerin.

Als der Tee fertig ist setze ich mich wieder zu Hans an den Tisch. Er erzählt gleich weiter, es ist ihm offenbar ein Bedürfnis zu reden, mir alles zu erzählen. Wir haben uns lange nicht gesehen. Zu lange. „Sie hat mich beschimpft und beschuldigt. Sie hat behauptet, ich hätte sie geschlagen und vergewaltigt und was weiß ich noch alles. Alles, was du dir vorstellen kannst, alles. Du glaubst gar nicht, wie oft die Polizei hier war. Stell dir mal vor, ich durfte teilweise zwei Stunden lang nicht in meine Wohnung, weil sie hier vernommen wurde." Ich sehe Hans fragend mit großen Augen an und versuche mir alles vorzustellen. Hier in diesen Räumen bzw. im Treppenhaus soll alles stattgefunden haben. Kaum zu glauben. „Sie hat immer gleich die Polizei gerufen. Es kamen ja meisten dieselben Polizisten. Die wussten dann schon Bescheid. Irgendwann sagte einer mal zu mir: >Herr Berke, sie müssen da was machen. So kann das nicht weitergehen.< „Ja, und nun ist sie weg." „Nun ist sie weg. Ein Glück. Und sie hat alles mitgenommen.

Ich habe nichts mehr! Kein Kopfkissen, keine Gästedecke, keine Kaffeemaschine und und und. Ich muss alles neu kaufen. Und im Moment habe ich nur Grundsicherung." „Du hast doch immer irgendwas gemacht. Kannst du deine Firma nicht wieder aktivieren?" „Ach ja, irgendetwas wird sich schon ergeben. Es hat sich immer etwas ergeben. Ich bin grade in einer Phase, in der ich sozusagen schwimme, noch nicht richtig weiß, wohin die Reise gehen wird. Früher oder später kommt mir wieder der Zufall zur Hilfe. Irgendetwas wird mir die Richtung weisen."

Am nächsten Tag fahren wir zum Einkaufen in den nächst gelegenen Ort. Der Himmel ist grau, es regnet wieder. Auf dem Rückweg zeigt Hans mir seinen alten Platz und den neuen, von dem aus er seine Anhänger verkaufen will. Zwei hat er noch, sagt er. Er muss sie nur hierher holen. Nebenan liegt ein Golfplatz, der sogar heute, obwohl es sehr kalt ist, gut besucht ist. „Vielleicht ist hier deine neue, zukünftige Kundschaft", sage ich.

Ich koche, wir reden, er findet den Film auf YouTube, wir schauen noch mehr Filme an, von damals, als wir noch jung waren. Wir trinken Wein. Die Stimmung ist gut. Wir reden über alte Zeiten, Freunde von früher, von heute. Dann gehen wir schlafen.

Am nächsten Tag fährt Hans mich zum Bahnhof. Wir machen vorher eine Stadtrundfahrt. Unfreiwillig. Zum Glück sind wir rechtzeitig losgefahren, viele Straßen sind unpassierbar wegen irgendwelcher Demonstrationen. Hans erzählt, während der Suche nach der richtigen Route, von seinen Beziehungen und von damals. Mit vielen Frauen hatte er Beziehungen, die nach einigen turbulenten Jahren auseinandergingen. Ich erzähle zwischendurch ein wenig von mir, von meiner Familie, meinen Kindern, die inzwischen erwachsen sind. Eigene Kinder hat er nicht. „Ich wollte frei sein, frei bleiben", sagt er. „Ja, das wollten damals die meisten," antworte ich und denke an die Zeit zurück. Die meisten Männer wollten frei sein, wollen es heute wahrscheinlich immer noch sein. „Aber was heißt denn das? Frei sein!", frage ich.

„Ich habe studiert, einundvierzig Semester lang. Das geht heute ja gar nicht mehr. Mich hat das Thema einfach nicht mehr interessiert. Politik! Ich hatte keine Lust, den Abschluss zu machen und irgendwo als Dozent zu arbeiten. Hätte ich sofort machen können, die Professoren wollten mich haben, hatten mir schon einen Job angeboten. Aber ich wollte lieber Taxi fahren. Damit habe ich leicht Geld verdient. Ich weiß noch, dass ich eines Abends am Wochenende im Dunkeln an einem Taxistand auf Kundschaft wartete und ein bisschen neidisch auf meine Freunde und ehemaligen Kommilitonen war. Sie waren inzwischen fertig mit der Ausbildung, verdienten gutes Geld und waren feiern. Und ich saß in einem Taxi, allein, und wartete auf Kundschaft." „Spätestens da hättest du es doch ändern können." „Ja, aber da war ich schon zu eingefahren. Ich war fünfzehn Jahre älter als die anderen Studenten. Ich hab' das nicht gepackt. Und dann kam die Gelegenheit mit dem Anhängerhandel." „Warum hast du deinen Studienplatz damals eigentlich nicht aufgegeben?" „Ja, ich weiß nicht. Vielleicht wollte ich mir dieses Hintertürchen offen halten. Vielleicht konnte ich mich auch nur nicht klar entscheiden. Das kann ich ja immer noch nicht. Die Entscheidungen ergeben sich bei mir immer. Ich habe dann ja noch meinen Abschluss gemacht. Das ist auch ein gutes Gefühl, etwas abgeschlossen zu haben, auch wenn ich damit nichts anfangen kann."

„Eigentlich heißt der Wunsch, frei zu sein, dass man nicht erwachsen werden, keine Verantwortung übernehmen will für sich selbst und andere. Man möchte ewig jung bleiben und dass alles so easy weitergeht", sage ich. „Ja, vielleicht hast du recht. Auf jeden Fall heißt es, dass man später, im Alter, immer wieder allein ist."

# Nachwort

In einem verwunschenen Garten liegt ein großer Stein am Rande zum Wald. Der Stein ist wirklich groß, ungefähr wie ein Mann, und rund. Nach oben hin oval zulaufend. Er war mal ein Grabstein. Als das Grab nach über 75 Jahren aufgelöst wurde, wusste man nicht wohin mit dem Koloss. Der damalige Gartenbesitzer erfuhr davon, und weil er diesen Stein beeindruckend fand, ließ er ihn unter großem Aufwand auf sein Grundstück transportieren. Die Grabinschrift wollte er jedoch nicht andauernd vor Augen haben, denn er kannte den Verstorbenen gar nicht. Deshalb ließ er den Stein mit der Vorderseite zum Wald und seiner Rückseite zum Garten hin aufsetzen. Dort steht der Stein immer noch, unter Bäumen und zwischen Büschen, und niemand wird diesen Brocken so einfach versetzen können. Doch auch auf der Rückseite war etwas eingraviert. Wenn man nahe genug heran geht, kann man es sehen:

**Die Liebe höret nimmer auf.**

Zeitfracht Medien GmbH
Ferdinand-Jühlke-Straße 7
99095 Erfurt, Deutschland
produktsicherheit@kolibri360.de